MAGYE NOIRE

Livre quatre

sorcière

MAGYE NOIRE

Cate Tiernan

Traduit de l'anglais par
Roxanne Berthold

A·D·A
J·E·U·N·E·S·S·E

Copyright © 2001 17th Street Productions, Alloy company et Gabrielle Charbonnet
Titre original anglais : Sweep : Dark magick
Copyright © 2010 Éditions AdA Inc. pour la traduction française
Cette publication est publiée en accord avec Alloy Entertainment LLC, New York, NY

Éditeur : François Doucet
Traduction : Roxanne Berthold
Révision linguistique : Isabelle Veillette
Correction d'épreuves : Nancy Coulombe, Carine Paradis
Montage de la couverture : Tho Quan
Photo de la couverture : © Thinkstock
Mise en pages : Sébastien Michaud
ISBN papier 978-2-89667-221-9
ISBN numérique 978-2-89683-013-8
Première impression : 2010
Dépôt légal : 2010
Bibliothèque et Archives nationales du Québec
Bibliothèque Nationale du Canada

Éditions AdA Inc.
1385, boul. Lionel-Boulet
Varennes, Québec, Canada, J3X 1P7
Téléphone : 450-929-0296
Télécopieur : 450-929-0220
www.ada-inc.com
info@ada-inc.com

Diffusion
Canada :	Éditions AdA Inc.
France :	D.G. Diffusion
	Z.I. des Bogues
	31750 Escalquens — France
	Téléphone : 05.61.00.09.99
Suisse :	Transat — 23.42.77.40
Belgique :	D.G. Diffusion — 05.61.00.09.99

Imprimé au Canada

Participation de la SODEC. SODEC

Nous reconnaissons l'aide financière du gouvernement du Canada par l'entremise du Programme d'aide au développement de l'industrie de l'édition (PADIÉ) pour nos activités d'édition.
Gouvernement du Québec — Programme de crédit d'impôt pour l'édition de livres — Gestion SODEC.

Pour mon *mùirn beatha dàn*

1

La chute

Novembre 1999

L'assemblée m'a déclaré non coupable de la mort de Linden. Le vote des anciens des Sept grands clans n'était pourtant pas unanime. Le représentant des Vikroth et celui des Wyndenkell, le clan de ma propre mère, ont voté contre moi.

J'avais presque espéré être condamné, car ainsi, ma voie aurait été limpide. Et d'une certaine manière, j'étais bien coupable, non ? J'avais rempli la tête de Linden de mes paroles de vengeance et avais ouvert son esprit à l'idée de faire appel aux ténèbres. Si je n'avais pas tué mon frère dans les faits, je savais que la mort s'était trouvée sur un chemin que je lui avais montré.

Après avoir été déclaré innocent, je me suis senti perdu. Je savais uniquement que je passerais le reste de ma vie à me racheter pour la mort de Linden.

— Giomanach

Un mélange de flocons de neige et de neige fondante fouettait mes joues. J'avançais en trébuchant dans la neige tout en supportant le poids de mon petit copain, Cal, qui s'appuyait sur moi, mes pieds devenant de plus en plus lourds et glacés dans mes sabots. Cal a fait un faux pas, et je me suis préparée au pire. Au clair de lune, je scrutais son visage, alarmée par sa pâleur, son abattement et son air maladif. Je nous traînais péniblement dans les bois sombres en ayant l'impression que chaque pas nous éloignant de la falaise prenait une heure.

La falaise. Dans mon esprit, je voyais Hunter Niall tomber à la renverse, ses bras moulinant l'air alors qu'il franchissait le bord de la falaise. De la bile a monté dans ma gorge et j'ai avalé de manière convulsive. S'il était vrai que Cal était mal fichu, Hunter, lui, était probablement mort. Mort! Et Cal et moi l'avions tué. J'ai pris une inspiration frémissante alors que Cal tanguait à mes côtés.

Ensemble, nous avons avancé dans les bois en chancelant, avec pour seul compagnon la fonte malveillant de la neige mouillée sur les branches noires autour de nous. Où se trouvait la maison de Cal?

— Allons-nous dans la bonne direction? ai-je demandé à Cal.

Le vent glacial arrachait les mots de ma gorge.

Cal a cligné des yeux. Un de ses yeux était déjà si pourpre et si boursouflé qu'il ne pouvait l'ouvrir. Sa belle bouche était sanglante et sa lèvre inférieure était fendue.

— Laisse tomber, lui ai-je dit en regardant devant moi. Je crois que nous y sommes.

Quand la maison de Cal a été visible, nous étions complètement trempés et glacés. J'ai survolé la cour circulaire d'un regard anxieux à la recherche de la voiture de Selene Belltower, mais la mère de Cal n'était pas encore rentrée. Mauvais signe. J'avais besoin d'aide.

— Fatigué, a lancé Cal d'une voix confuse pendant que je l'aidais à gravir les marches.

Nous sommes parvenus à atteindre la porte d'entrée, mais une fois à l'intérieur, impossible pour moi de l'amener jusqu'à sa chambre dans le grenier.

— Là, me dit Cal en dessinant un geste de sa main enflée — celle qui avait frappé Hunter.

Épouvantablement épuisée, j'ai passé les portes du petit salon en titubant pour aider Cal à s'effondrer sur le sofa bleu. Il s'est renversé sur le côté, se pelotonnant pour se glisser sur les coussins. Il tremblait de froid, et son visage était contusionné et pâle.

— Cal, ai-je dit, nous devons signaler le 911. Pour leur dire à propos de Hunter. Peut-être que les services de secours pourraient le retrouver. Il n'est peut-être pas trop tard.

Cal a grimacé avant d'émettre un bruit grotesque ressemblant à un rire. Du sang s'est écoulé de sa lèvre fendue, et ses joues étaient marbrées de contusions — des empreintes de la colère.

— Il est trop tard, a-t-il maugréé d'une voix enrouée et en claquant des dents. J'en suis convaincu.

Les yeux fermés, il a hoché la tête en direction du foyer.

— Du feu.

Était-il trop tard pour Hunter ? Une infime partie de moi l'espérait — si Hunter était mort, nous ne pouvions plus l'aider, alors je n'avais même pas à essayer de le faire.

Mais l'était-il ? Un sanglot a monté dans ma gorge. L'était-il ?

OK, ai-je songé en tentant de me calmer. OK. Analyse la situation. Élabore un plan. Je me suis agenouillée pour empiler maladroitement des journaux et du bois d'allumage dans l'âtre. J'ai choisi trois grosses bûches que j'ai posées sur la pile.

Comme il n'y avait aucune allumette en vue, j'ai fermé les yeux pour tenter d'attiser le feu avec mon esprit. Mais on aurait dit que mes pouvoirs magyques étaient inexistants. En réalité, la seule tentative d'y faire appel a brusquement provoqué un mal de tête. Malgré presque dix-sept années de vie sans magye, me retrouver sans mes pouvoirs à cet instant était terrifiant. J'ai ouvert les yeux pour jeter un regard affolé autour de moi. Mes yeux se sont enfin arrêtés sur un briquet à barbecue posé sur le manteau de la cheminée. Je l'ai saisi avant d'enfoncer sa détente.

Le papier et le bois ont pris feu. J'ai tangué devant les flammes, sentant leur chaleur guérisseuse avant de me retourner vers Cal. Il semblait misérable.

— Cal?

Je l'ai aidé à se relever suffisamment pour tirer sur son blouson de cuir en prenant soin de ne pas érafler ses poignets à vif et couverts de cloques à l'endroit où Hunter avait tenté de les attacher à l'aide d'une mystérieuse chaîne magyque. J'ai retiré les bottes mouillées de Cal avant de le recouvrir d'un jeté en patchwork de velours, qui était drapé de façon artistique à une extrémité du divan. Il m'a serré les doigts et a tenté de m'adresser un sourire.

— Je reviens tout de suite, ai-je lancé en me précipitant vers la cuisine.

En attendant que l'eau boue, je me sentais horriblement seule. J'ai couru à l'étage pour fouiller dans la première salle de bain venue, à la recherche de pansements, avant de revenir au rez-de-chaussée pour préparer une tisane. Un visage pâle aux yeux verts accusateurs a semblé apparaître dans la vapeur s'échappant du dessus de la théière. Hunter — oh mon Dieu — Hunter.

Hunter avait tenté d'assassiner Cal, me suis-je remémoré. Il aurait peut-être essayé de me tuer aussi. Pourtant, c'était Hunter qui était tombé de la falaise pour plonger dans la rivière Hudson — une rivière débordant de blocs de glace aussi gros que sa tête. C'était Hunter qui avait probablement été emporté par le courant, et son corps qui serait probablement repêché demain. Ou pas. J'ai serré les lèvres pour refouler les sanglots et je me suis dépêchée de revenir auprès de Cal.

Je lui ai fait avaler lentement une tasse remplie de tisane à l'hydraste du Canada et au gingembre. La boisson chaude lui a redonné une certaine couleur. J'ai nettoyé ses poignets avec douceur au moyen d'un linge humide, puis je les ai enroulés de la gaze que j'avais trouvée, mais comme sa peau était couverte de cloques, je savais qu'il devait souffrir terriblement.

Après avoir bu sa tisane, Cal s'est recouché et s'est endormi, mais sa respiration était saccadée. Aurais-je dû lui administrer du Tylenol ? Devrais-je fouiller la maison à la recherche de remèdes de sorcières ? Je ne connaissais Cal que depuis peu de temps, et il avait toujours été la personne la plus forte dans notre relation. Je m'étais fiée à lui. À présent, il comptait sur moi, et je ne savais pas si j'étais prête à assumer cette responsabilité.

L'horloge posée sur le manteau de la cheminée a sonné trois coups au-dessus de ma tête. Trois heures du matin ! J'ai déposé ma tasse sur la table basse. J'aurais dû être rentrée à la maison avant une heure. Je n'avais pas ma voiture — Cal m'avait pris à bord de la sienne. De toute évidence, il n'était pas en état de conduire. Selene n'était toujours pas de retour. Bon sang ! me suis-je dit. Réfléchis, réfléchis.

Je pourrais téléphoner à mon père pour qu'il vienne me prendre. Voilà une option peu attrayante.

Il était trop tard pour communiquer avec le seul service de taxi de Widow's Vale, qui, en gros, se résume à Ed Jinkins et à sa vieille Cutlass Supreme, traînant à la station des navettes.

Je pourrais emprunter la voiture de Cal.

Cinq minutes plus tard, je sortais prudemment de la maison. Cal dormait toujours. J'avais pris les clés dans son blouson avant de rédiger une note explicative que j'avais fourrée dans la poche de son jean en espérant qu'il comprendrait. J'ai freiné sec quand j'ai aperçu la berline grise de Hunter garée dans la cour comme un signe accusateur. Merde! Que faire à propos de sa voiture?

Il n'y avait rien à faire. Hunter avait les clés. Et il était mort. Je ne pouvais pas pousser la voiture toute seule, et de toute façon, cela me paraissait tellement...

méthodique d'une certaine façon. Comme si c'était planifié.

Ma tête tournait. Que devais-je faire? Des vagues de fatigue m'ont submergée, me donnant presque envie de pleurer. Mais je devais accepter le fait que je ne pouvais rien faire. Cal ou Selene auraient à s'occuper de la voiture de Hunter. En tremblant, je me suis hissée à bord de l'Explorer doré de Cal, j'ai allumé les phares et j'ai pris le chemin de la maison.

Cal avait usé de magye sur moi ce soir — un sortilège de ligotage pour m'empêcher de bouger. Pourquoi? Afin que je n'intervienne pas dans sa bataille contre Hunter? Afin que je ne sois pas blessée? Ou parce qu'il n'avait pas confiance en moi? Eh bien, s'il n'avait pas confiance en moi auparavant, il devait avoir changé d'avis à présent. J'ai serré les dents sous l'emprise d'un ricanement à demi hystérique. Ce n'étaient pas toutes les filles qui jetteraient un poignard de cérémonie wiccan au cou de l'ennemi de leur petit copain.

Hunter avait tenté d'assassiner Cal, avait lié ses mains à l'aide d'une chaîne en argent ensorcelée qui s'était mise à crépiter contre la peau de Cal dès leur entrée en contact. C'était à ce moment que j'avais lancé l'athamé dans sa direction, le couteau qui l'avait propulsé du bord de la falaise. Et qui l'avait probablement tué. Tué.

J'ai frissonné en guidant la voiture sur ma rue. L'avions-nous *réellement* tué ? Hunter avait-il eu une chance de survivre ? Peut-être que sa blessure au cou n'était pas aussi horrible qu'elle ne le paraissait. Peut-être que, dans sa chute, il avait atterri sur une saillie. Un agent de la faune ou une autre personne du même genre l'avait peut-être trouvé.

Peut-être.

J'ai doucement garé l'Explorer au coin de ma maison. Alors que j'empochais les clés, j'ai remarqué tous les cadeaux d'anniversaire que Cal m'avait donnés plus tôt et que nous avions empilés sur la banquette arrière. En fait, ils étaient presque tous là. Le magnifique athamé n'y était plus —

Hunter l'avait emporté avec lui jusqu'au bas de la falaise. Et c'est avec une impression d'irréalité que j'ai recueilli les cadeaux avant de courir sur le trottoir déneigé et saupoudré de sel en direction de la maison. J'ai pénétré à l'intérieur silencieusement, captant l'atmosphère avec mes sens. Encore une fois, ma magye s'apparentait davantage à la lumière d'une seule allumette brandie dans une tempête plutôt qu'à la vague puissante à laquelle je m'étais habituée. Je ne pouvais pratiquement rien détecter.

À mon soulagement, mes parents n'ont pas remué à mon passage devant leur chambre. Arrivée dans la mienne, je suis demeurée assise un certain temps sur le bord de mon lit pour rassembler mes forces. Après les événements cauchemardesques de la soirée, ma chambre m'apparaissait enfantine, comme si elle appartenait à une étrangère. Le papier peint aux rayures blanches et roses, la bordure fleurie et les rideaux à fanfreluches ne m'avaient jamais représentée de toute façon. Maman avait

dégarni ma chambre pour refaire la déco-
ration en guise de surprise il y a six ans,
alors que j'étais à la colonie de vacances.

J'ai retiré mes vêtements humides, puis
j'ai poussé un soupir de soulagement en
enfilant mon survêtement. Puis, je me suis
ruée au rez-de-chaussée pour composer le
911.

— Quelle est la nature de votre
urgence ? m'a demandé une voix claire.

— J'ai vu quelqu'un tomber dans la
rivière Hudson, ai-je répondu rapidement,
la voix camouflée par un mouchoir, comme
on le faisait dans les vieux films. À environ
trois kilomètres de North Bridge.

C'était là une estimation, fondée sur
l'endroit où se trouvait la maison de Cal,
selon moi.

— Quelqu'un est tombé à l'eau. Il a
peut-être besoin d'aide.

J'ai rapidement raccroché le combiné en
espérant ne pas être restée au téléphone
assez longtemps pour permettre à l'opéra-
teur de retracer mon appel. Comment
retraçait-on les appels ? Devais-je rester au

téléphone une minute? Trente secondes? Oh, Seigneur. Si on me localisait, j'avouerais tout. Je ne pouvais vivre avec ce poids dans mon âme.

Mon esprit s'emballait en pensant à tout ce qui était arrivé : mon anniversaire magnifique et romantique avec Cal ; nous avions presque fait l'amour avant de faire marche arrière ; tous mes cadeaux ; la magye partagée ; l'athamé de ma mère biologique, que j'avais montré à Cal ce soir-là et que je serrais à présent comme s'il s'agissait d'une doudou. Puis, la bataille contre Hunter et sa chute horrible. À présent, il était trop tard, avait affirmé Cal. Mais était-il trop tard? Je devais faire une dernière tentative.

J'ai enfilé mon manteau trempé, je suis sortie et j'ai marché vers le côté de ma maison dans le noir. En tenant l'athamé de ma mère biologique, je me suis penchée vers le rebord d'une fenêtre. Là, brillant faiblement sous le pouvoir du couteau, se trouvait un *sigil*. Sky Eventide et Hunter avaient enveloppé ma maison d'un enchantement, et je ne savais toujours pas pourquoi. Mais j'espérais que ce sortilège fonctionnerait.

En fermant les yeux à nouveau, j'ai tenu l'athamé au-dessus de l'image. Je me suis concentrée, même si j'avais l'impression que j'allais m'évanouir. Sky, ai-je pensé en avalant ma salive. Sky.

Je détestais Sky. Tout ce qui avait rapport avec elle me remplissait d'émotions de haine et de méfiance, et il en allait de même avec Hunter. Pourtant, pour une raison que j'ignorais, Hunter me bouleversait davantage. Mais elle était son alliée et elle devait apprendre ce qui lui était arrivé. J'ai envoyé mes pensées en direction des nuages de neige aux faibles teintes de pourpre. Sky. Hunter se trouve dans la rivière, près de la maison de Cal. Va le chercher. Il a besoin de ton aide.

Que suis-je en train de faire ? me suis-je demandé. Je suis complètement exténuée. Je n'arrive même pas à enflammer une allumette. Je ne sens même pas la présence de ma famille endormie dans la maison. Ma magye s'est volatilisée. Pourtant, je suis demeurée debout dans l'obscurité froide, les yeux fermés, ma main se changeant en griffes glacées enlacées autour de la poignée du couteau. Hunter est dans la rivière. Va le chercher. Va chercher Hunter. Hunter est dans la rivière.

Les larmes ont coulé sans donner de préavis, leur chaleur détonnant avec mes joues froides. Haletante, j'ai marché péniblement pour gagner la maison où j'ai suspendu mon manteau. Puis, lentement, j'ai gravi les marches, une à une, et c'est avec un certain étonnement que je me suis retrouvée à l'étage. J'ai caché l'athamé de ma mère sous mon matelas avant de me hisser dans mon lit. Mon chaton, Dagda, s'est étiré d'un air endormi avant de se pelotonner contre mon cou. J'ai glissé une main autour de lui. Blottie sous mon édredon, je tremblais de froid. Et j'ai laissé les larmes couler jusqu'à ce que les premiers rayons de soleil percent les rideaux à fanfreluches enfantins de la fenêtre de ma chambre.

2

Coupable

Novembre 1999

Oncle Beck, tante Shelagh et cousin Athar ont organisé une petite fête pour mon retour à la maison après le procès. Mais mon cœur était rempli de souffrance.

J'ai pris place à la table à manger. Tante Shelagh et Alwyn allaient et venaient dans la pièce, déposant de la nourriture sur des assiettes. C'est à ce moment qu'oncle Beck est entré. Il m'a indiqué que j'étais complètement innocenté et que je devais lâcher prise.

— Comment puis-je y arriver? ai-je demandé.

J'avais été le premier à utiliser la magye noire pour trouver nos parents. Bien que Linden ait agi seul pour appeler le spectre noir qui l'avait tué, il n'aurait jamais eu cette idée si je ne la lui avais pas mise dans la tête.

C'est alors qu'Alwyn a parlé. Elle m'a dit que j'avais tort, que Linden avait toujours eu une appréciation pour les ténèbres. Elle a affirmé qu'il aimait le pouvoir et qu'il croyait que de préparer des mélanges d'herbes était indigne de lui. Son halo de boucles en tire-bouchon rouge fauve, comme la chevelure de notre mère, semblait trembler à chacune de ses paroles.

— De quoi parles-tu ? lui ai-je demandé. Linden ne m'a jamais parlé de ça.

Elle m'a répondu que Linden lui avait dit que je ne comprendrais pas. Il lui a dit qu'il souhaitait devenir la sorcière la plus puissante jamais vue. Ses paroles semblaient percer mon cœur comme des aiguilles.

Oncle Beck lui a demandé pourquoi elle ne nous en avait pas parlé plus tôt, ce à quoi elle a répondu qu'elle l'avait fait. Je l'ai aperçue pointer son menton de son attitude obstinée. Et tante Shelagh y a réfléchi un instant avant de dire :

— En fait, elle m'en a parlé. Mais je pensais qu'elle racontait des histoires.

Alwyn a affirmé que personne ne l'avait crue parce qu'elle n'était qu'une enfant. Puis, elle a quitté la pièce, et oncle Beck, tante Shelagh et *moi sommes restés assis dans la cuisine, accablés par le poids de notre culpabilité.*

— Giomanach

Je me suis éveillée le matin de mon dix-septième anniversaire en ayant l'impression que quelqu'un m'avait placée dans un malaxeur réglé au mode de coupe. À demi endormie, j'ai cligné des yeux avant de jeter un coup d'œil vers le réveil. Neuf heures. Le soleil s'étant levé à six heures, j'avais eu un bon trois heures de sommeil. Super. Puis, j'ai pensé : Hunter était-il mort ? L'avais-je tué ? Mon estomac s'est remué, et j'aurais voulu pleurer.

Sous les couvertures, j'ai senti un petit corps chaud ramper le long du mien. Lorsque la petite tête grise de Dagda a surgi de sous les couvertures, j'ai caressé ses oreilles.

— Allô, mon petit, ai-je dit d'une voix douce.

Je me suis assise juste au moment où on ouvrait la porte de ma chambre.

— Bonjour, ma petite fêtée ! a lancé joyeusement ma mère.

Elle a traversé la pièce pour tirer les rideaux et illuminer ma chambre du fragile soleil.

— Bonjour, ai-je répondu en tentant d'adopter un ton normal.

Il me suffisait d'imaginer ma mère apprendre ce qui était arrivé à Hunter pour trembler. Cette nouvelle la détruirait.

Elle s'est assise sur mon lit et a déposé un baiser sur mon front, comme si j'avais sept ans et non dix-sept ans. Puis, elle m'a jeté un regard inquisiteur.

— Te sens-tu bien ? m'a-t-elle demandé en appuyant le dos de sa main contre mon front. Hummm, tu n'as pas de fièvre. Mais tes yeux sont un peu rouges et boursouflés.

— Je vais bien. Je suis seulement fatiguée, ai-je marmonné.

Il était temps de changer de sujet, et j'ai eu une pensée soudaine.

— C'est bel et bien mon anniversaire aujourd'hui ?

Maman a repoussé les cheveux qui tombaient devant mon visage dans un geste tendre.

— Bien sûr que oui. Morgan, tu as vu ton acte de naissance, m'a-t-elle souligné.

— Oh, c'est vrai.

Jusqu'à il y avait quelques semaines, j'avais toujours cru être une Rowlands, comme le reste de ma famille. Mais le jour où j'avais rencontré Cal et où j'avais commencé à explorer la Wicca, il m'était apparu évident que j'avais des pouvoirs magyques et que j'avais du sang de sorcière, puisque je provenais d'une longue lignée de sorcières faisant partie de l'un des Sept grands clans de la Wicca. Et c'est ainsi que j'avais appris que mes parents m'avaient adoptée. Depuis ce jour, la vie s'est mise à ressembler à un voyage émotif sur des montagnes russes ici à la maison. Mais j'aimais mes parents, Sean et Mary Grace Rowlands, et ma sœur, Mary K., leur fille biologique. Et ils m'aimaient aussi. Et ils tentaient d'accepter mon héritage wiccan, mon patrimoine. Et j'essayais de faire de même.

— Bon, puisque c'est ton anniversaire aujourd'hui, tu peux faire ce que tu veux, enfin presque, m'a annoncé maman en chatouillant les oreilles de chauve-souris grises de Dagda d'un air absent. Veux-tu que je te prépare un grand petit déjeuner ? Nous pourrions aller à la messe plus tard. Nous pouvons aussi nous rendre à l'église maintenant et avoir un déjeuner spécial.

Je ne veux pas aller à l'église du tout, ai-je songé. Ces derniers temps, ma relation avec l'église ressemblait à une partie de bras de fer, qui se corsait à mesure que je tentais d'intégrer la Wicca dans ma vie. Je m'imaginais difficilement m'asseoir pendant toute la durée d'une messe catholique pour ensuite déjeuner avec ma famille, étant donné ce qui s'était passé la veille.

— Hum, est-ce que ça irait si je faisais la grasse matinée ? ai-je demandé. J'ai l'impression de couver un rhume. Vous pouvez aller à l'église et déjeuner sans moi.

Maman a serré les lèvres, mais après un moment de réflexion, elle a hoché la tête.

— D'accord, a-t-elle dit, si c'est ce que tu veux.

Elle s'est levée du lit.

— Veux-tu que nous te rapportions quelque chose à manger ?

L'idée de manger me répugnait.

— Oh non, merci, ai-je affirmé d'un ton qui se voulait désinvolte. Je vais trouver un truc à manger dans le frigo. Merci quand même.

— OK, a répondu maman en touchant à nouveau mon front. Eileen et Paula viennent à la maison ce soir, et nous aurons un dîner avec un gâteau et tes cadeaux. Ça marche ?

— Génial, ai-je dit.

Maman a refermé la porte derrière elle.

Je me suis affaissée sur mon oreiller. J'avais l'impression de posséder une double personnalité. D'un côté, j'étais Morgan Rowlands, une bonne fille, élève inscrite au tableau d'honneur, as des mathématiques, catholique pratiquante. De l'autre, j'étais une sorcière, tant par héritage que par envie.

Je me suis étirée, ressentant la douleur dans mes muscles. Les événements de la nuit précédente survolaient ma tête comme un nuage de pluie. Qu'avais-je fait ? Comment en étais-je arrivée là ? Si seulement je savais si Hunter était mort ou vivant…

J'ai attendu d'entendre le son de la porte principale se refermer derrière ma famille avant de me lever et de m'habiller. Je savais ce que je devais faire à présent.

J'ai engagé ma voiture sur la route sillonnant la campagne derrière la maison de Cal et je me suis garée. Ensuite, je me suis frayé un chemin dans la neige craquante jusqu'au bord de la falaise rocailleuse. Prudemment, j'ai étiré mon torse afin de jeter un coup d'œil au bas de la falaise. Si j'apercevais le corps de Hunter, je descendrais jusqu'à lui, me suis-je avertie. S'il était vivant, je trouverais de l'aide. S'il était mort… je n'étais pas certaine de ce que je ferais.

Plus tard, j'irais chez Cal pour voir comment il se portait, mais d'abord, je devais aller à la recherche de Hunter. Sky avait-elle reçu mon message? Les secours du 911 avaient-ils répondu à mon appel?

Dans ce secteur, la terre était retournée et boueuse — preuve de la terrible bataille qui s'était tenue entre Hunter et Cal. C'était horrible d'y penser, de me souvenir à quel point j'étais impuissante sous le sortilège de ligotage lancé par Cal. Pourquoi m'avait-il fait cela ?

Je me suis penchée davantage pour voir sous la saillie rocailleuse. La rivière Hudson glacée s'écoulait sous moi, propre et mortelle. Des rochers pointus saillaient du lit de la rivière. Si Hunter était tombé sur l'un d'eux, s'il était resté dans l'eau un certain temps, il était certainement mort. À cette pensée, mon estomac s'est noué. Dans ma tête, je revoyais Hunter tomber au ralenti ; du sang jaillissant de son cou, une expression de surprise sur son visage…

— Tu cherches quelque chose ?

Je me suis rapidement retournée, reprenant promptement pied en reconnaissant cette voix à l'accent britannique. Sky Eventide.

Elle se tenait à cinq mètres de moi, les mains enfoncées dans les poches. Son visage pâle, ses cheveux blond blanc et ses yeux noirs semblaient être gravés dans le bleu implacable du ciel.

— Que fais-tu ici? ai-je demandé.

— J'allais te poser la même question, a-t-elle dit en avançant vers moi.

Elle était plus grande que moi et tout aussi mince. Son blouson en cuir noir ne semblait pas assez chaud pour le froid qu'il faisait.

Comme je ne disais rien, elle a poursuivi de sa voix râpeuse.

— Hunter n'est pas rentré hier soir. J'ai ressenti sa présence ici. Mais à présent, je ne le sens plus du tout.

Elle n'a pas trouvé Hunter. Hunter est mort. Oh, pour l'amour de la Déesse, ai-je pensé.

— Qu'est-il arrivé ici? a-t-elle demandé avec un visage dur comme la pierre sous le soleil froid et éclatant. On dirait que le sol a été labouré. Il y a du sang partout.

Elle s'est approchée de moi, féroce et froide, telle une Viking.

— Dis-moi ce que tu sais.

— Je ne sais rien, ai-je répondu d'une voix trop forte.

Hunter est mort.

— Tu mens. Tu es une menteuse de Woodbane, tout comme Cal et Selene, a affirmé amèrement Sky en crachant ses paroles comme si elle me disait « Tu es une saleté, une ordure. »

Le monde remuait autour de moi, prenant des teintes légèrement irréelles. Il y avait de la neige sous mes pieds, de l'eau sous la falaise, des arbres derrière Sky, mais j'avais l'impression de me trouver sur les planches d'un théâtre.

— Cal et Selene ne font pas partie du clan Woodbane, ai-je dit.

Ma bouche était sèche.

Sky a rejeté ses cheveux dans son dos.

— Bien sûr que oui, a-t-elle lancé, et tu es comme eux. Rien ne t'arrêtera lorsqu'il est question de garder tes pouvoirs.

— Ce n'est pas vrai, ai-je affirmé d'un ton cassant.

— Hier soir, Hunter se rendait chez Cal, sur les ordres du Conseil supérieur. Il devait confronter Cal. Je pense que tu étais là aussi, puisque tu es le petit chien de poche de Cal. Maintenant, dis-moi ce qui est arrivé.

Sa voix résonnait comme de l'acier, ce qui me faisait mal aux oreilles, et je ressentais la force de sa personnalité exercer une pression sur moi. J'aurais voulu cracher tout ce que je savais. Soudain, j'ai réalisé qu'elle me jetait un sort. Un éclat de rage a brûlé en moi. Comment osait-elle?

Je me suis redressée et j'ai délibérément érigé des cloisons autour de mon esprit.

Sky a cillé des yeux.

— Tu ne sais pas ce que tu fais, a-t-elle dit, ses paroles mordant ma peau. Et cela fait de toi une personne dangereuse. Je te tiendrai à l'œil. Le Conseil supérieur aussi.

Elle a tourné les talons pour disparaître dans les bois — ses cheveux courts, couleur du soleil, voltigeant dans la brise.

Les bois sont redevenus silencieux après son départ. Aucun pépiement d'oiseaux, aucun bruissement des feuilles : le vent était tombé. Quelques minutes ont passé avant que je regagne ma voiture pour me rendre chez Cal. La voiture de Hunter n'était plus là. J'ai gravi les marches en pierres et j'ai appuyé sur la sonnette tout en ressentant une nouvelle vague de peur à l'idée de ce que je pourrais découvrir; à l'idée de ce qui était arrivé à Cal depuis mon départ.

Selene a ouvert la porte. Un tablier était noué à sa taille et une faible odeur d'herbes émanait d'elle. Son âme chaleureuse et préoccupée se reflétait dans ses yeux dorés lorsqu'elle m'a prise dans ses bras. Elle ne m'avait jamais donné de câlin auparavant, et j'ai fermé les yeux pour savourer cette merveilleuse impression de réconfort et de soulagement qu'elle m'offrait.

Puis, Selene s'est retirée pour plonger son regard dans mes yeux.

— Je sais ce qui est arrivé hier soir. Morgan, tu as sauvé mon fils, a-t-elle dit d'une voix basse et mélodieuse. Merci.

Elle a glissé son bras sous le mien pour me tirer à l'intérieur, fermant la porte sur le reste du monde. Nous avons traversé le couloir jusqu'à la grande cuisine ensoleillée, située à l'arrière de la maison.

— Comment va Cal? suis-je parvenue à demander.

— Il va mieux, m'a-t-elle dit. Grâce à toi. Quand je suis arrivée à la maison, je l'ai trouvé dans le petit salon, et il a réussi à me résumer ce qui était arrivé. J'ai effectué quelques pratiques de guérison avec lui.

— Je ne savais pas quoi faire, ai-je expliqué sur un ton d'impuissance. Il s'est endormi, et je devais rentrer chez moi. Sa voiture se trouve chez moi, ai-je ajouté bêtement.

Selene a hoché la tête.

— Nous irons la chercher plus tard, m'a-t-elle indiqué.

J'ai plongé la main dans ma poche pour lui remettre les clés. Elle les a saisies avant de pousser la porte de la cuisine.

J'ai reniflé l'air.

— Qu'est-ce que c'est ? ai-je demandé.

C'est à ce moment que j'ai remarqué que la cuisine crépitait de lumières, de sons, de couleurs et d'odeurs. Je me suis arrêtée dans l'embrasure et j'ai tenté de distinguer les différents stimuli. Selene s'est dirigée vers le four pour remuer une quelconque mixture, et j'ai réalisé qu'une petite marmite à trois pieds et au contenu bouillonnant était posée sur le brûleur de sa cuisinière. Bizarrement, tout ça avait un aspect normal.

Surprenant mon regard, Selene m'a indiqué :

— Normalement, je fais tout ça à l'extérieur, mais le temps a été si terrible cet automne.

Elle a brassé doucement le mélange à l'aide d'une cuillère de bois avant de se pencher et d'en humer le contenu. La vapeur a donné à son visage une légère teinte rosée.

— Que prépares-tu ? ai-je demandé en m'approchant.

— Il s'agit d'une potion pour la vision, a-t-elle expliqué. Lorsqu'une sorcière cultivée l'ingère, elle est bénéfique pour les présages et la divination.

— Comme un hallucinogène ? ai-je demandé, quelque peu étonnée.

Des images de LSD, de champignons magiques et de gens qui perdent la carte se sont enfilées dans mon esprit.

Selene a éclaté de rire.

— Non, il s'agit simplement d'une aide, pour aider à trouver ses visions. Je prépare cette potion seulement tous les quatre ou cinq ans. Je ne l'utilise pas souvent, et une petite dose suffit.

Sur le comptoir en granit miroitant, je pouvais voir des fioles étiquetées et des petits pots, et, à une extrémité, un ensemble de chandelles faites maison.

— C'est toi qui as fabriqué tout ça? ai-je demandé.

Selene a hoché la tête tout en repoussant ses cheveux foncés loin de son visage.

— Je suis toujours prise dans un tourbillon d'activités à cette période de l'année. Samhain est terminé, et Yule n'est pas encore commencé — je présume que je suis simplement en quête d'occupation. Il y a quelques années, j'ai commencé à fabriquer mes propres teintures, huiles essentielles et infusions. Elles sont toujours plus fraîches et meilleures que celles que l'on trouve au marché. As-tu déjà fabriqué des chandelles?

— Non.

Selene a jeté un regard à la ronde à son fouillis avant de déclarer:

— Les choses que tu fabriques, que tu cuisines, que tu couds, que tu décores — elles sont toutes des moyens d'exprimer le pouvoir et de rendre hommage à la Déesse.

Avec empressement, elle a remué le contenu de la marmite dans le sens des aiguilles d'une montre avant d'en goûter une petite quantité du bout de sa cuillère.

À n'importe quel autre moment, j'aurais trouvé cette leçon impromptue fascinante, mais ce jour-là, j'étais trop saisie pour me concentrer.

— Est-ce que Cal va s'en remettre ? ai-je lâché.

— Oui, a affirmé Selene en me regardant directement dans les yeux. Veux-tu parler de Hunter ?

C'était tout ce dont j'avais besoin pour fondre silencieusement en larmes. Soudain, mes épaules tremblaient et mon visage brûlait. Un instant plus tard, Selene se trouvait à mes côtés, me tenant dans ses bras. Un mouchoir est apparu, et je l'ai saisi.

— Selene, ai-je dit en tremblant, je pense qu'il est mort.

— Chuuut, a-t-elle répondu d'un ton apaisant. Ma pauvre chérie. Assieds-toi. Laisse-moi te servir une tasse de thé.

Du thé ? ai-je songé frénétiquement. Je pense que j'ai *tué* quelqu'un, et tu m'offres du *thé* ?

Mais il s'agissait d'un thé de sorcière, et quelques secondes après ma première gorgée, j'ai senti mes émotions s'apaiser légèrement — suffisamment pour reprendre le contrôle sur moi. Selene a pris place de l'autre côté de la table et m'a regardée dans les yeux.

— Hunter a tenté de tuer Cal, a-t-elle affirmé d'un ton plein d'intensité. Il aurait pu tenter de s'en prendre à toi aussi. N'importe qui aurait fait la même chose à ta place. Tu as vu qu'un ami était en danger et tu as agi. Personne ne peut t'en vouloir.

— Je ne voulais pas faire de mal à Hunter, ai-je dit d'une voix chancelante.

— Bien sûr que non, a-t-elle acquiescé. Tu voulais uniquement l'arrêter. Il n'y avait aucun moyen de prévoir ce qui allait arriver. Écoute-moi bien, ma chère : si tu n'avais pas posé ce geste, si tu n'avais pas agi sans hésiter et si tu n'avais pas fait preuve de loyauté, Cal serait tombé dans la rivière, et toi et moi serions dans le deuil aujourd'hui. Hunter est venu ici en cherchant la discorde. Il se trouvait sur notre propriété. Il voulait voir le sang couler. Cal et toi avez exercé votre droit de légitime défense.

J'ai lentement bu mon thé. Le point de vue de Selene donnait aux événements une touche raisonnable, voire inévitable.

— Est-ce que… est-ce que tu penses que nous devrions appeler la police ? ai-je demandé.

Selene a penché sa tête de côté et a réfléchi à la question durant un moment.

— Non, a-t-elle affirmé après quelques minutes, puisqu'il n'y a aucun autre témoin et qu'il serait difficile d'expliquer que le couteau planté dans le cou de Hunter était un geste de légitime défense, et ce, même si toi et moi savons que c'est la vérité.

Une nouvelle vague d'effroi a déferlé en moi. Elle avait raison. Aux yeux de la police, l'incident prendrait l'apparence d'un meurtre.

Un autre souvenir m'est venu à l'esprit.

— Et sa voiture? ai-je demandé. L'as-tu déplacée?

Selene a hoché la tête.

— Je lui ai jeté un sort afin de la démarrer et je l'ai conduite jusqu'à une grange abandonnée à l'extérieur de la ville. Cela paraît probablement prémédité, je sais, mais c'est la prudence qui m'a dirigée.

Elle a posé sa main sur la mienne.

— Je sais que c'est difficile. Je sais que tu as l'impression que ta vie ne sera plus jamais la même, mais tu dois essayer de laisser ces événements derrière toi, ma chère.

Misérable, j'ai avalé une gorgée de thé.

— Je me sens si coupable, ai-je indiqué.

— Laisse-moi te raconter l'histoire de Hunter, m'a-t-elle dit.

Sa voix était soudain presque dure. J'ai frissonné.

— J'ai entendu des comptes rendus à son sujet, a poursuivi Selene. Au dire de tous, il est un franc-tireur; une personne en qui on ne peut avoir confiance. Même le

Conseil supérieur avait ses doutes à son sujet et pensait qu'il avait franchi la limite trop souvent. Il est obsédé par les Woodbane depuis sa naissance, et au cours des dernières années, cette obsession est devenue mortelle.

Elle paraissait très sérieuse, et j'ai hoché la tête.

Une pensée a alors surgi dans mon esprit.

— Alors pourquoi s'en est-il pris à Cal? ai-je demandé. Vous ne savez pas à quel clan vous appartenez, n'est-ce pas? J'ai entendu Hunter appeler Cal un Woodbane. Pensait-il que Cal… Attends!

J'ai secoué la tête d'un air confus. Cal m'avait dit que Hunter et lui avaient probablement le même père. Et Sky avait dit que Cal était un Woodbane comme son père. Ce qui voulait dire que Cal et Hunter étaient tous deux à demi Woodbane? Je ne pouvais démêler toutes ces données.

— Qui sait ce qu'il pensait? a affirmé Selene. Il était clairement fou. Il faut l'être pour tuer son propre frère.

J'ai froncé les sourcils. Je me souvenais vaguement que Cal avait lancé cette accusation à Hunter la veille.

— Que veux-tu dire?

Selene a secoué la tête puis elle a sursauté en entendant un sifflement provenir de sa marmite, qui crachait son contenu sur le rond et passait près de déborder. Elle s'est précipitée vers son chaudron pour réduire le feu. Durant les minutes qui ont suivi, elle a été très occupée, et j'hésitais à l'interrompre.

— Penses-tu que je pourrais voir Cal? ai-je finalement demandé.

Elle m'a jeté un regard plein de regrets.

— Je suis désolée, Morgan, mais je lui ai donné une boisson pour l'endormir. Il ne se réveillera probablement pas avant ce soir.

— Oh.

Je me suis levée et j'ai récupéré mon manteau, réticente à poursuivre l'histoire de Hunter si Selene ne voulait pas m'en parler. Je me sentais mille fois mieux qu'avant, mais je savais instinctivement que la souffrance et la culpabilité me regagneraient.

— Merci d'être venue, a lancé Selene tout en égouttant une mixture fumante au-dessus de l'évier. Et souviens-toi que tu as bien agi hier. Crois-le bien.

J'ai hoché maladroitement la tête.

— N'hésite pas à m'appeler si tu as besoin de parler à quelqu'un, a ajouté Selene alors que je me dirigeais vers la porte. À n'importe quel moment.

— Merci, ai-je répondu.

J'ai poussé la porte et je suis rentrée à la maison.

3

Effroi

Avril 2000

Lorsqu'on fait des présages, on n'obtient pas toujours une image claire — on reçoit souvent des impressions. J'utilise mon lueg — mon cristal de prédiction. Il s'agit d'un morceau d'agate noire d'une épaisseur d'un peu moins de dix centimètres là où il est le plus large, et qui se termine en pointe. Le cristal appartenait à mon père. Je l'ai trouvé sous mon oreiller le matin où ma mère et lui ont disparu.

Les luegs sont plus fiables pour les présages que le feu ou l'eau. Le feu peut vous montrer les vies antérieures et des avenirs possibles, mais il est difficile à manier. Un vieux dicton wiccan énonce : « Le feu est un amant fragile ; il faut le courtiser et omettre de le négliger. Sa confiance s'apparente à une fumée vaporeuse et sa colère est une chaleur destructive. » L'eau est plus facile à utiliser, mais peut aussi induire en erreur. J'ai déjà entendu maman dire que l'eau était comme une putain wiccane, prête à partager ses secrets avec tous, à mentir à la majorité d'entre nous, et à n'accorder sa confiance qu'à un petit nombre.

La nuit dernière, j'ai apporté mon lueg près du ruisseau qui coule aux abords de la propriété de mon oncle; là où nous nagions en été, là où Linden et moi pêchions le vairon et là où Alwyn avait l'habitude de cueillir des groseilles.

Je me suis assis au bord de l'eau pour tenter de faire des présages en regardant jusqu'au plus profond de mon agate noire et en inventant des sortilèges de vision.

Après un long, très long moment, la face de la pierre s'est éclaircie, et dans ses entrailles, j'ai vu ma mère. C'était ma mère d'il y a longtemps, du jour ayant précédé sa disparition. Je me souviens clairement de ce jour. J'avais huit ans et j'avais couru vers l'endroit où elle s'agenouillait dans le jardin pour arracher les mauvaises herbes. Elle a levé les yeux, m'a aperçu, et son visage s'est éclairé, comme s'il s'agissait du soleil.

— Giomanach, a-t-elle dit en m'enveloppant d'un regard plein d'amour alors que le soleil brillait sur ses cheveux clairs.

En l'apercevant dans le lueg, j'ai presque été bouleversé sous le poids du désir enfantin de la voir et de me retrouver dans ses bras.

Lorsque la pierre est redevenue noire, je l'ai tenue dans ma main avant de me rouler en boule pour pleurer sur la berge du ruisseau.

— Giomanach

Mon dîner d'anniversaire semblait tout droit sorti d'un film. J'ai eu l'impression de me regarder à travers une fenêtre, souriant, parlant aux gens et ouvrant des présents. J'ai été heureuse de revoir tante Eileen et sa petite amie, Paula Steen. Et maman et Mary K. avaient travaillé fort pour faire de mon anniversaire un événement spécial. Et la fête aurait été fantastique si ce n'était des images horribles qui continuaient de s'incruster dans ma tête. Hunter et Cal luttant dans la neige piétinée et ensanglantée. Et moi, m'affaissant à genoux sous l'emprise du sortilège de ligotage de Cal. Moi, encore, regardant l'athamé dans ma main et levant les yeux pour apercevoir Hunter. Hunter, au cou ruisselant de sang, tombant de la falaise.

— Hé! est-ce que ça va? m'a demandé Mary K. alors que je me tenais devant la fenêtre, fixant l'obscurité. Tu sembles à des kilomètres d'ici.

— Je suis fatiguée, lui ai-je dit avant d'ajouter rapidement, mais je m'amuse beaucoup. Merci, Mary K.

— Plaire est notre but, a-t-elle lancé avec un grand sourire.

Enfin, tante Eileen et Paula sont parties, et j'ai filé à l'étage pour appeler Cal. Le timbre de sa voix était faible et éraillé.

— Je vais bien, a-t-il dit. Et toi?

— Oui, ai-je répondu. Physiquement, à tout le moins.

— Je sais ce que tu veux dire, a-t-il soupiré. Je n'arrive pas à y croire. Je ne voulais pas qu'il tombe de la falaise. Je voulais seulement l'arrêter.

Il a lâché un rire sec qui ressemblait à un croassement.

— Tout un dix-septième anniversaire. Je suis désolé, Morgan.

— Ce n'était pas ta faute, ai-je affirmé. Il s'en est pris à toi.

— Je ne voulais pas qu'il te fasse de mal.

— Mais pourquoi m'as-tu jeté un sortilège de ligotage ? lui ai-je demandé.

— J'avais peur. Je ne voulais pas que tu te jettes dans la bagarre pour en sortir blessée, m'a affirmé Cal.

— Je voulais t'aider. Je déteste être figée comme cela. C'était horrible.

— Je suis vraiment désolé, Morgan, a soufflé Cal. Tout est arrivé tellement vite, et je pensais agir pour le mieux.

— Ne me refais plus jamais ça.

— Je ne le referai plus, promis. Je suis désolé.

— OK. J'ai composé le 911 à mon arrivée à la maison, ai-je doucement admis. Et j'ai lancé un message anonyme à Sky pour lui dire où chercher Hunter.

Cal est demeuré silencieux un moment avant de me dire :

— Tu as bien fait. Je suis content que tu l'aies fait.

— Ça n'a rien donné, par contre. J'ai croisé Sky à la rivière ce matin. Elle m'a dit que Hunter n'était pas rentré hier soir. Elle était persuadée que je savais ce qui s'était passé.

— Que lui as-tu dit?

— Que j'ignorais de quoi elle parlait. Elle a indiqué qu'elle ne sentait pas la présence de Hunter ou quelque chose comme ça. Et elle m'a traitée de Woodbane menteuse.

— La salope, a lancé Cal avec colère.

— Pourrait-elle découvrir ce qui s'est passé d'une façon ou de l'autre? En utilisant la magye?

— Non, a répondu Cal. Ma mère a jeté des sortilèges territoriaux sur les lieux pour empêcher quiconque de lire les événements et de voir ce qui est arrivé. Ne t'inquiète pas.

— Je suis inquiète, ai-je insisté pendant qu'une boule de panique grandissait à nouveau dans ma gorge. Tout ceci est horrible. Je ne peux pas le supporter.

— Morgan! Tâche de te calmer, a affirmé Cal. Tout ira bien, tu verras. Je ne laisserai rien de mal t'arriver. Une chose par contre : j'ai bien peur que Sky sera un problème. Hunter était son cousin, et elle ne laissera pas tomber. Demain, nous prononcerons des incantations afin de protéger ta maison et ta voiture. Mais reste quand même sur tes gardes.

— OK.

L'effroi semblait peser plus lourd sur mes épaules après avoir raccroché le combiné. Peu importe la direction que tout ceci prendrait, ai-je pensé, les choses finiraient mal. Aucun doute.

Le lundi matin, je me suis levée tôt et j'ai ramassé le journal du matin avant que quiconque ne puisse le voir. Il n'y a pas de quotidien à Widow's Vale — seulement une publication bimensuelle surtout composée d'articles déjà parus dans d'autres journaux. J'ai feuilleté rapidement les pages du *Albany Times Union* pour voir si on y mentionnait la découverte d'un corps dans la rivière Hudson, mais rien. Je me suis mordu la lèvre. Qu'est-ce que ça signifiait ? On n'avait pas encore repêché son corps ? Ou étions-nous trop éloignés d'Albany pour qu'on traite de cette histoire ?

Je me suis rendue à l'école en voiture en compagnie de Mary K. et je me suis garée près de l'immeuble — j'avais l'impression d'avoir vieilli de cinq ans au cours d'un seul week-end.

Dès que j'ai éteint le moteur, Bakker Blackburn, le petit ami de Mary K., a trotté à sa rencontre.

— Allô, ma belle, a-t-il lancé en blottissant son nez dans son cou.

Mary K. s'est mise à ricaner avant de le repousser. Il a attrapé son sac à dos et ils sont partis à la rencontre de leurs amis.

Robbie Gurevitch, un de mes meilleurs amis et un membre de mon assemblée de sorcières, s'est approché nonchalamment de ma voiture. À son passage, un groupe de filles en secondaire deux l'ont regardé d'un air admiratif, et je l'ai vu rougir. Être splendide était une nouvelle réalité pour lui — avant la potion guérisseuse que je lui avais donnée un mois plus tôt, il avait une acné terrible. Mais la potion avait éclairci son teint et effacé les cicatrices.

— Tu vas réparer ta voiture ? m'a-t-il demandé.

J'ai posé les yeux sur mon phare avant brisé et sur ma devanture fracassée avant de pousser un soupir. Quelques jours plus tôt, j'étais certaine que quelqu'un me suivait, et ma voiture avait dérapé sur la glace, ce qui avait propulsé mon mammouth adoré, affectueusement connu sous le nom de Das Boot, vers un fossé. À ce moment, l'expérience m'avait semblée complètement terrifiante, mais depuis les événements de samedi soir, ma perspective avait changé.

— Ouaip, ai-je dit en parcourant les lieux du regard à la recherche de Cal.

Ce matin-là, j'avais remarqué que l'Explorer n'était plus dans ma rue, mais j'ignorais s'il était de retour à l'école aujourd'hui.

— J'estime que ça te coûtera environ cinq cents dollars, a affirmé Robbie.

Nous avons marché en direction de l'ancien palais de justice en briques rouges qui hébergeait à présent le collège de Widow's Vale. Je faisais tout mon possible pour paraître normale, pour redevenir l'ancienne et fiable Morgan.

— J'aimerais savoir : es-tu allé au cercle des sorcières organisé par Bree samedi ?

Bree Warren était mon autre meilleure amie depuis notre enfance — ma plus proche amie —, jusqu'à ce que nous nous disputions au sujet de Cal. Depuis, elle me détestait. Et je… j'ignorais comment je me sentais à son sujet. J'étais furieuse contre elle. Je ne lui faisais pas confiance. Elle me manquait horriblement.

— J'y suis allé, a répondu Robbie en me tenant la porte. Il n'y avait pas beaucoup de monde, et c'était un peu ringard. Mais la sorcière britannique, Sky Eventide, celle qui dirige leurs cercles…

Il a poussé un sifflement.

— Elle est drôlement puissante.

— Je connais Sky, ai-je répondu avec raideur. Je l'ai rencontrée chez Cal. Qu'avez-vous fait ? Sky a-t-elle parlé de moi ou de Cal ?

Il m'a jeté un regard.

— Non. Nous nous sommes contentés de former un cercle. C'était intéressant parce que la technique de Sky est légèrement différente de celle de Cal. Pourquoi aurait-elle parlé de Cal ou de toi ?

— Différente de quelle façon? ai-je insisté en ignorant sa question. Vous, euh, n'avez rien fait d'effrayant, n'est-ce pas? Comme d'invoquer des esprits?

Robbie a freiné son pas.

— Non, c'était un simple cercle, Morgan. Je pense que nous pouvons présumer en toute sécurité que le diable n'aspirera pas l'âme de Bree ou de Raven.

Je lui ai lancé un regard exaspéré.

— Les wiccans ne croient pas au diable, lui ai-je rappelé. Je veux seulement m'assurer que Bree ne s'engage pas dans des activités dangereuses ou maléfiques.

Comme je l'ai fait.

Nous nous sommes dirigés vers l'escalier menant au sous-sol, lieu normalement fréquenté par les jeunes de notre assemblée, Cirrus, le matin. Ethan Sharp s'y trouvait déjà, occupé à faire son devoir d'anglais. Jenna Ruiz était assise devant lui et lisait un livre; ses cheveux pâles et raides couvrant sa joue tel un rideau. Ils ont tous deux levé les yeux pour nous saluer.

— Maléfique? a répété Robbie. Non, Sky ne m'a pas paru maléfique. Puissante, oui. Séduisante, tout à fait.

Il m'a adressé un grand sourire.

— De qui parles-tu? a demandé Jenna.

— De Sky Eventide, lui a signalé Robbie. Elle est la sorcière de sang qui fait partie de la nouvelle assemblée de Bree et de Raven. Oh, devinez le nom de leur assemblée, a-t-il lancé en riant. Kithic. Cela signifie « gaucher » en gaélique. Raven a trouvé le nom dans quelque chose qu'elle a lu, sans savoir ce que ça voulait dire.

Nous avons souri tous les trois. Après notre dispute, Bree avait quitté Cirrus pour créer sa propre assemblée de sorcières avec Raven. À mes yeux, les deux semblaient jouer à être wiccanes — s'y adonnant parce que c'était cool, pour se venger du fait que Cal et moi étions ensemble, ou simplement pour être différentes. Widow's Vale est une petite communauté où il y a peu de divertissements.

Mais peut-être que je ne leur donnais pas suffisamment de mérite. Peut-être qu'elles étaient sincères dans leur engagement. J'ai poussé un soupir et je me suis frotté le front. J'avais l'impression de ne plus être certaine de rien.

Dans notre classe, les élèves planifiaient déjà leurs activités pour le congé de l'Action de grâce, qui allait débuter mercredi midi. Quel soulagement de ne pas avoir à me rendre à l'école quelques jours. J'avais toujours été une étudiante modèle (des « A » dans presque toutes les matières), mais il devenait de plus en plus difficile de me concentrer sur mes études alors que mon énergie et mon temps étaient monopolisés par des choses tellement plus captivantes. Ces jours-ci, j'effectuais mes devoirs de physique et de trigonométrie à la vitesse de l'éclair, et je travaillais minimalement sur mes autres matières pour consacrer mon temps à l'étude des sortilèges, à la planification de mon futur jardin d'herbes magyques et à la lecture de tout ce qui parlait de la Wicca. La simple lecture du Livre des ombres rédigé par ma mère biologique et trouvé dans la bibliothèque de Selene une semaine plus tôt était comme un cours de niveau collégial en soi. Je repoussais vraiment mes limites ces jours-ci.

Dans la classe, j'ai ouvert mon livre *Huiles essentielles et leurs enchantements* sous mon bureau et je me suis plongée dans sa lecture. Au printemps, j'allais tenter de créer des huiles par moi-même, tout comme Selene le faisait.

Lorsque Bree est entrée dans la pièce, je n'ai pu m'empêcher de lever les yeux. Son visage m'était aussi familier que le mien, mais ces jours-ci, une nouvelle facette d'elle se développait — une facette qui ne m'incluait pas. Elle portait presque uniquement des vêtements noirs — tout comme Raven, et bien qu'elle n'avait pas adopté les *piercings* et les tatouages gothiques de Raven, je me demandais si ce n'était qu'une question de temps.

Bree avait toujours été la plus belle de nous deux ; celle qui attirait les garçons, celle qui mettait de la vie dans les fêtes. J'étais l'amie ordinaire que les autres enduraient parce que Bree m'aimait et qu'elle était ma meilleure amie. Puis, Cal s'était glissé entre nous. Bree m'avait même menti en affirmant qu'ils avaient couché ensemble. Nous avions arrêté de nous parler, puis Cal et moi avions formé un couple.

Après onze années passées comme si nous étions des jumelles siamoises, les dernières semaines sans Bree me paraissaient bizarres et inconfortables. Elle ne savait toujours pas que j'étais adoptée et que j'étais une sorcière de sang. Elle ignorait ce qui était arrivé à Hunter. À une certaine époque, elle était la seule personne au monde à qui je me serais confiée.

Je n'ai pas pu résister à regarder son visage, ses yeux de la couleur du café. Pendant une courte seconde, son regard a croisé le mien, et j'ai été surprise par le mélange d'émotions que j'ai ressenties. Nous avons détourné le regard au même moment. S'ennuyait-elle de moi? Me détestait-elle? Que faisait-elle en compagnie de Sky?

La cloche a retenti, et toute la classe s'est levée. Les cheveux sombres et brillants de Bree ont disparu dans le couloir, et je les ai suivis. Lorsqu'elle a tourné le coin pour se rendre à son premier cours, j'ai été saisie par une envie spontanée de lui parler.

— Bree.

Elle s'est retournée et, lorsqu'elle m'a aperçue, elle a semblé étonnée.

— Écoute, je sais que Sky dirige ton cercle, me suis-je surprise à dire.

— Alors?

Personne ne pouvait affecter un air impérieux aussi bien que Bree.

— C'est simplement que... Eh bien, Sky est dangereuse, ai-je lancé rapidement. Elle est dangereuse et tu ne devrais pas passer de temps avec elle.

Ses sourcils parfaitement dessinés se sont arqués.

— Je t'écoute, a-t-elle prononcé d'une voix traînante.

— Elle a un plan très sombre. Elle est mêlée à toute une histoire, et je suis certaine qu'elle ne t'en a pas parlé. Elle... elle est diabolique et maléfique et dangereuse.

Je réalisais que dans mon désespoir, je paraissais mélodramatique et confuse.

— Vraiment, a dit Bree en secouant la tête et en s'efforçant de ne pas rire. Tu es impossible, Morgan. C'est comme si tu te plaisais dans le mensonge, à jouer la rabat-joie.

— Écoute, je vous ai entendues, Raven et toi, dans les toilettes la semaine dernière, ai-je admis. Vous parliez de Sky et de ce qu'elle vous apprenait sur le côté obscur. C'est dangereux ! Et je t'ai entendue dire que tu as donné une mèche de mes cheveux à Sky ! Pourquoi ? Pour me jeter des sorts ?

Bree a plissé les yeux.

— Tu m'espionnais ? s'est-elle exclamée. Tu es pathétique ! Et tu ne sais pas de quoi tu parles. Cal te bourre le crâne d'idées ridicules, et tu avales tout ! Il pourrait être le diable en personne, et tu ne t'en soucierais pas parce que c'est le seul garçon qui t'ait jamais invitée à sortir !

Avant même que je n'aie pu réaliser ce qui m'arrivait, ma main s'était levée pour donner une gifle puissante sur le visage de Bree. Son visage s'est tourné sur le côté et, en quelques secondes, l'empreinte rose de ma paume est apparue sur sa joue. J'ai retenu mon souffle et j'ai fixé du regard son visage tordu par la colère.

— Salope! a-t-elle tonné.

Par habitude, une habitude qui me suivait depuis la naissance, j'ai été remplie de remords avant de penser : « Et puis, merde! » J'ai inspiré profondément et j'ai fait appel à ma propre colère. J'ai plissé les yeux.

— C'est toi, la salope, ai-je éclaté. Tu ne peux pas supporter le fait que je ne sois plus ton pantin, que je ne sois plus ta B.A., ton auditoire permanent. Tu *me* jalouses pour la première fois, et ça te dévore. Mon petit ami est fantastique. Je possède plus de pouvoirs magyques que tu ne pourras jamais avoir, même dans tes rêves, et tu ne peux pas le supporter. Enfin, je suis meilleure que toi. Je suis stupéfaite que ta tête n'explose pas!

Bree m'a regardée d'un air béat, les yeux écarquillés et la bouche ouverte.

— De quoi parles-tu? a-t-elle pratiquement hurlé. Tu n'as jamais été mon auditoire! De la façon dont tu parles, c'est comme si je m'étais servie de toi! Voilà exactement de quoi je parle! Cal t'a lavé le cerveau!

— En réalité, Bree, ai-je répondu froidement, tu serais étonnée de savoir à quel point nous ne parlons pas de toi. En fait, nous ne prononçons jamais ton nom.

Avec ces dernières paroles, j'ai tourné les talons, les dents si serrées que je pouvais les entendre grincer. Je n'avais jamais eu le dernier mot dans une dispute avec Bree. Mais cette pensée ne m'a apporté aucun réconfort. Pourquoi lui avais-je parlé? Je n'avais réussi qu'à envenimer la situation.

4

Refuge

Mai 2000

Je me souviens qu'il pleuvait le jour où maman et papa ont disparu. Quand je me suis réveillé ce matin-là, ils étaient déjà partis. Je n'avais aucune idée de ce qui était arrivé. Oncle Beck m'a appelé plus tard, et je lui ai dit que je ne savais pas où papa et maman se trouvaient. Beck a appelé les voisins pour trouver quelqu'un qui pourrait rester avec nous durant la nuit jusqu'à son arrivée, mais personne n'a répondu à son appel. Finalement, c'est moi qui ai été responsable de nous trois — Linden, Alwyn et moi — toute cette journée et toute cette nuit, et nous sommes restés à la maison, incertains de ce qui nous arrivait et de ce qui arrivait à notre univers.

Aujourd'hui, je sais que vingt-trois autres personnes, en plus de mes parents, sont mortes ou ont disparu cette nuit-là. Des années plus tard, je suis

61

retourné sur les lieux pour poser des questions. Tout ce que j'ai pu apprendre se résume à des murmures prudents au sujet d'une vague sombre; un nuage de violence et de destruction.

J'ai entendu des rumeurs à propos d'une vague sombre ayant détruit un cercle de Wyndenkell en Écosse. Je suis en route. Déesse, donne-moi la force.

— Giomanach

Après ma dispute avec Bree, j'étais tellement bouleversée que je ne pouvais me concentrer sur quoi que ce soit. Mon professeur de mathématiques a dû prononcer mon nom trois fois avant que je ne l'entende, et puis j'ai répondu à sa question incorrectement, ce qui ne m'arrivait pratiquement jamais dans les circonstances habituelles. Durant la pause-repas, je me suis esquivée vers le lieu de rencontre des membres de Cirrus pour trouver un peu de solitude. J'ai englouti mon sandwich et un Coke diète avant de méditer pendant une demi-heure. Je me suis alors sentie suffisamment calme pour affronter le reste de ma journée.

J'ai peiné à survivre à mes cours de l'après-midi. Lorsque la dernière cloche a retenti, je me suis rendue à ma case avant de suivre la cohue d'élèves vers l'extérieur. La neige se transformait rapidement en gadoue, et le soleil brillait d'une chaleur digne de l'été des Indiens. Après des semaines de temps glacial, la chaleur était merveilleuse. J'ai levé mon visage vers le soleil en espérant qu'il guérirait la souffrance tapie en moi — la culpabilité que je ressentais par rapport à ce que j'avais fait à Hunter et ma frayeur à l'idée d'être percée à jour.

— Bakker va me reconduire à la maison, OK?

Mary K. a rebondi à mes côtés alors que je récupérais mes clés de voiture. Ses joues étaient roses et ses yeux étaient limpides et brillants. Je me suis tournée vers elle.

— Tu rentres à la maison ou…

Ne va nulle part seule avec lui, ai-je songé. Je n'avais pas confiance en Bakker — pas depuis le jour où je l'avais surpris à immobiliser Mary K. sur son lit et à s'imposer de force deux semaines plus tôt. Je n'arrivais pas à croire qu'elle l'avait pardonné.

— Nous allons prendre un café au lait d'abord avant de rentrer à la maison, a-t-elle dit, ses yeux me défiant de dire quoi que ce soit.

— D'accord. Eh bien, à plus tard, ai-je faiblement répondu.

Je l'ai regardée grimper à bord de la voiture de Bakker en sachant que s'il lui faisait du mal, je n'hésiterais pas à lui faire subir le même sort que Hunter. Et dans le cas de Bakker, je ne ressentirais aucune culpabilité.

— Ho ! Je suis content que tu ne me regardes pas de cette façon, a affirmé Robbie en bondissant vers moi.

J'ai secoué la tête.

— Ouais, gare à tes fesses, ai-je lancé en tentant d'adopter un ton léger et badin.

— Cal est malade ? Je ne l'ai pas vu de la journée, a indiqué Robbie.

Il a adressé un sourire absent à une étudiante de secondaire trois qui lui lançait un regard flirteur.

— Morgan? a-t-il lancé pour attirer mon attention.

— Oh! Euh, oui, Cal est malade, ai-je répondu.

J'avais soudain les nerfs à vif. Robbie était un ami proche à qui j'avais confié que j'étais adoptée et une sorcière de sang. Il en savait plus sur moi que Bree à présent. Mais jamais je ne pourrais lui raconter ce qui était arrivé samedi soir. Ces événements étaient trop horribles pour être partagés, même avec lui.

— Je vais l'appeler; en fait, j'irai peut-être le voir.

Robbie a hoché la tête.

— Je m'en vais chez Bree. Qui sait? Peut-être qu'aujourd'hui sera le jour où je tenterai ma chance.

Il a remué ses sourcils de manière suggestive, et je lui ai souri. Robbie m'avait récemment admis qu'il était complètement amoureux de Bree depuis des années. J'espérais qu'elle ne lui briserait pas le cœur, ce qu'elle avait fait à la majorité des garçons avec qui elle était sortie.

— Bonne chance, lui ai-je dit.

Il s'est dirigé dans la direction opposée, et j'ai jeté mon sac dans Das Boot avant de retourner à l'école pour utiliser le téléphone situé dans la salle de repas.

Cal a répondu après quatre sonneries. À en juger par sa voix, il semblait aller mieux que la veille.

— Allô, lui ai-je dit, réconfortée par le simple fait de lui parler.

— Je savais que c'était toi, a-t-il répondu.

Il paraissait heureux d'entendre ma voix.

— Bien sûr que oui, ai-je indiqué. Tu es une sorcière.

— Où es-tu?

— À l'école. Je peux te rendre visite? J'ai vraiment besoin de te parler.

— J'adorerais ça, mais nous avons des visiteurs en provenance de l'Europe, et je dois les rencontrer, a-t-il répondu en grognant.

— Selene a beaucoup de visiteurs dernièrement, on dirait bien.

Cal est demeuré silencieux un instant, et lorsqu'il a repris la parole, son ton était légèrement différent.

— Ouais, c'est vrai. Elle travaille sur un gros projet qui commence à se concrétiser. Je t'en reparlerai plus tard.

— OK. Comment vont tes poignets?

— Ils sont pas mal amochés, mais ça va aller. J'aurais vraiment aimé pouvoir te voir, a affirmé Cal.

— Moi aussi, ai-je émis en baissant la voix. J'ai *réellement* besoin de te parler. À propos de ce qui s'est passé.

— Je sais, a-t-il dit. Je sais, Morgan.

J'entendais des voix en bruit de fond, et Cal a recouvert son combiné pour leur répondre. Lorsqu'il est revenu au téléphone, je lui ai dit :

— Je ne te retiens pas plus longtemps. Appelle-moi plus tard si tu le peux, OK?

— Je le ferai, a-t-il dit avant de raccrocher.

J'ai raccroché aussi. Je me sentais triste et esseulée sans lui.

J'ai traversé le couloir et je suis sortie de l'école. Je suis embarquée à bord du Das

Boot pour m'engager vers Red Kill, en direction de Magye pratique.

Les cloches en cuivre suspendues au-dessus de la porte ont tinté à mon entrée dans la boutique. Magye pratique était une boutique où l'on vendait des livres et du matériel wiccans. Et — comme je venais de le réaliser — l'endroit où je me réfugiais quand je n'avais envie d'aller nulle part ailleurs. J'aimais me retrouver dans la boutique, et je me sentais toujours mieux après l'avoir visitée. Pour moi, la boutique wiccane était l'équivalent d'un bar de quartier.

Comme le comptoir-caisse au fond de la boutique était vide, j'ai présumé qu'Alyce et David étaient occupés à réapprovisionner les tablettes.

J'ai commencé à lire les titres des livres, rêvant du jour où j'aurais suffisamment d'argent pour me procurer tous les livres et le matériel que je désirais. J'achèterais la boutique en entier, ai-je décidé. Ce scénario était tellement plus attirant que le rôle d'une étudiante presque pauvre en secondaire quatre qui s'apprêtait à dilapider toutes ses économies sur un phare avant déformé.

— Bonjour, toi, a émis une voix douce, et j'ai levé les yeux pour apercevoir le visage rond et maternel d'Alyce, ma vendeuse préférée.

Pendant que nos regards se croisaient, elle s'est immobilisée. Elle a froncé les sourcils, et j'ai vu l'inquiétude se refléter dans ses yeux.

— Qu'est-ce qui ne va pas?

Mon cœur a cogné contre mes côtes. Le sait-elle? ai-je songé frénétiquement. Lui suffit-il de me regarder pour tout deviner?

— Que veux-tu dire? ai-je demandé. Je vais bien. Je suis un peu stressée, c'est tout. Tu sais : l'école, la famille et tout.

En réalisant que je bafouillais, j'ai abruptement cessé de parler.

Alyce a soutenu mon regard un instant; ses yeux interrogeant les miens.

— D'accord. Si tu veux en parler, je suis là, a-t-elle fini par dire.

Elle a filé vers le comptoir-caisse pour y organiser des piles de papier. Ses cheveux gris étaient ramassés sans cérémonie sur le dessus de sa tête, et elle portait ses habituels vêtements amples et flottants. Elle se déplaçait avec précision et confiance — une femme à l'aise avec qui elle était, avec sa sorcellerie et son pouvoir. Je l'admirais et j'avais le cœur brisé en songeant à quel point elle serait horrifiée d'apprendre ce que j'avais fait. Comment ces événements avaient-ils pu survenir ? Comment ma vie avait-elle pris cette tournure ?

Je ne peux pas perdre ce lieu, ai-je pensé. Magye pratique était mon refuge. Je ne pouvais pas laisser la mort terrible de Hunter s'infiltrer dans mes relations avec les gens de cette boutique, avec Alyce, et les polluer. Je n'aurais pas pu le supporter.

— J'ai tellement hâte au printemps, ai-je lancé dans une tentative de ramener mon esprit sur la bonne voie (la fête de l'Action de grâce n'était même pas passée). Je veux commencer à labourer mon jardin.

Je me suis avancée vers l'allée des livres à l'arrière de la boutique et j'ai pris appui sur un banc près du comptoir.

— Moi aussi, a admis Alyce. Je suis déjà impatiente de me trouver à l'extérieur à creuser la terre. C'est toujours difficile pour moi de me souvenir des bons côtés de l'hiver.

J'ai jeté un regard à la ronde aux autres clients de la boutique. Un jeune homme aux multiples *piercings* dans l'oreille gauche se dirigeait vers le comptoir pour acheter de l'encens et des chandelles blanches. J'ai tenté de faire appel à mes sens pour déceler s'il était une sorcière ou non, mais je n'ai rien ressenti d'inhabituel.

— Content de te voir, Morgan.

Je me suis retournée pour apercevoir David surgir de derrière le rideau orange fané qui cachait la petite arrière-boutique du magasin. Une faible bouffée d'encens l'accompagnait. David, tout comme Alyce, était une sorcière de sang. Récemment, il m'avait confié qu'il appartenait au clan des Burnhide. J'étais honorée d'avoir gagné sa confiance — et terrifiée à l'idée de la perdre s'il apprenait ce que j'avais fait, que j'avais tué quelqu'un.

— Allô, lui ai-je dit. Comment vas-tu?

— Je vais bien, a-t-il répondu d'un air distrait en tenant une liasse de factures dans sa main. Alyce, la dernière livraison d'huiles essentielles est-elle arrivée? La facture est ici.

Elle a secoué la tête.

— J'ai l'impression que l'envoi a été égaré quelque part, a-t-elle répondu alors qu'une autre cliente passait à la caisse.

La dame achetait un périodique wiccan portant le titre *Enchanter nos vies*. Ressentant de faibles vibrations magyques à son passage, j'ai été à nouveau naïvement étonnée de constater que les vraies sorcières existaient.

J'ai flâné dans la boutique, toujours aussi fascinée par les chandelles, l'encens et les petits miroirs en vente. Lentement, le magasin se vidait, puis, de nouveaux clients y pénétraient. C'était un après-midi occupé.

Graduellement, les rayons de soleil que filtraient les hautes fenêtres ont diminué, et j'ai commencé à penser à rentrer à la maison. Alyce s'est alors approchée de moi au moment où je glissais les doigts sur la bordure d'un bol en marbre sculpté. La pierre était froide et lisse, comme les rochers en bordure d'une rivière. Les rochers que Hunter avait probablement percutés dans sa chute n'étaient pas aussi lisses. Ils avaient dû être irréguliers, mortels.

— Le marbre est toujours treize degrés plus froid que l'air ambiant, m'a informée Alyce en arrivant à mes côtés, ce qui me fit sursauter.

— Vraiment ? Pourquoi ?

— C'est une des caractéristiques de cette pierre, a-t-elle dit en replaçant des écharpes froissées par des clients. Chaque chose possède ses propres caractéristiques.

J'ai pensé aux morceaux de cristaux et autres pierres que j'avais trouvés dans la boîte des outils de ma mère. Cette découverte semblait avoir eu lieu des années plus tôt alors qu'en réalité, elle était survenue moins d'une semaine plus tôt.

— J'ai trouvé les outils de Maeve, ai-je dit à ma propre surprise.

Je n'avais pas planifié de le mentionner. Mais je ressentais le besoin de confier *quelque chose* à Alyce, pour ne pas lui donner l'impression que je l'excluais de ma vie.

Alyce a écarquillé ses yeux bleus et a interrompu ses tâches pour me regarder. Elle connaissait l'histoire de Maeve : c'était elle qui m'avait raconté le récit de la mort horrible de ma mère biologique, ici, en Amérique.

— Des outils de Belwicket ? a-t-elle demandé, incrédule.

Belwicket était le nom de l'assemblée de Maeve, en Irlande. Après qu'une force sombre et mystérieuse l'a détruite, Maeve et son amant, Angus, avaient fui pour l'Amérique. Et c'est là que j'étais née — et là où ils étaient morts.

— J'ai fait un présage, ai-je expliqué à Alyce, dans le feu. J'ai aperçu une vision qui m'a annoncé que les outils se trouvaient à Meshomah Falls.

— Là où Mæve est morte, s'est souvenu Alyce.

— Oui.

— C'est merveilleux pour toi, a affirmé Alyce. Tout le monde était persuadé que ces outils étaient perdus à jamais. Je suis certaine que Maeve aurait été heureuse que sa fille les obtienne.

J'ai hoché la tête.

— Je suis vraiment heureuse. Ils sont un lien avec elle, avec son clan et sa famille.

— Les as-tu utilisés ? a-t-elle demandé.

— Euh, j'ai expérimenté avec son athamé, ai-je admis.

En théorie, comme je n'avais pas encore reçu mon initiation, je n'étais pas censée faire de la magye, utiliser des outils magyques ou écrire dans le Livre des ombres de Cirrus sans supervision. J'ai attendu les réprimandes d'Alyce.

Mais elles ne sont pas venues. Elle m'a plutôt dit d'un ton vif :

— Je pense que tu devrais lier les outils à toi.

J'ai cligné des yeux.

— Que veux-tu dire ?

— Attends-moi un instant.

Alyce a filé pour revenir rapidement avec un livre épais, d'aspect ancien, dans les mains. Sa couverture vert foncé était abîmée, et des taches en marbraient le tissu. Elle a déposé le livre sur une tablette et s'est mise à feuilleter les pages amollies et désagrégées par le temps.

— Nous y voilà.

Elle a extirpé une drôle de paire de lunettes demi-lune de la poche de son tricot pour les poser sur son nez.

— Laisse-moi faire une copie de cette page pour toi.

Et alors, à l'image des femmes à l'église qui échangent des recettes et des patrons de tricot, Alice a copié un vieux sortilège wiccan qui me permettrait de lier les outils de ma mère à moi.

— Ce sera tout comme si tu faisais partie d'eux et qu'ils faisaient partie de toi, m'a expliqué Alyce pendant que je pliais le papier et le glissais dans la poche intérieure de mon blouson. Ils deviendront plus efficaces pour toi, mais aussi moins efficaces pour quiconque tenterait de les utiliser. Je pense que tu devrais exécuter ce sortilège immédiatement.

Levé au-dessus des verres de ses lunettes, son regard, normalement si doux, m'a paru soudain perçant.

— Euh, OK. Je le ferai, lui ai-je dit. Mais pourquoi ?

Alyce est demeurée silencieuse un instant, comme si elle réfléchissait à ce qu'elle voulait dire.

— Simple intuition, a-t-elle annoncé finalement, en haussant les épaules et en me souriant. J'ai l'impression que c'est très important.

— Eh bien, d'accord, lui ai-je dit. J'essaierai de jeter ce sort ce soir.

— Le plus tôt possible, m'a-t-elle conseillé.

Puis, les cloches suspendues au-dessus de la porte ont retenti à nouveau, et un client a franchi l'entrée. J'ai rapidement dit au revoir à Alyce et à David avant de filer vers Das Boot. J'ai allumé mon unique phare avant, j'ai poussé le chauffage au maximum et je suis rentrée à la maison.

5

Lien

Juin 2000

Deux clans écossais ont été anéantis : l'un en 1974 et l'autre en 1985. Le premier était établi dans le nord et le deuxième, vers le sud-est. Actuellement, comme la piste mène vers le nord de l'Angleterre, je planifie m'y rendre. Je dois savoir. J'ai commencé cette mission en raison de mes parents, mais elle prend des proportions beaucoup plus grandes.

J'ai entendu dire que le Conseil supérieur était à la recherche de nouveaux membres. J'ai inscrit mon nom. Si j'étais membre du Conseil, j'aurais accès à des renseignements qui n'ont pas été rendus publics. Cela me semble le moyen le plus rapide d'obtenir des réponses à mes questions. À mon retour du nord, je connaîtrai leur décision.

J'ai posé ma candidature pour devenir un investigateur. Avec un nom comme le mien, cela me paraît presque inévitable.

— *Giomanach*

Mary K. a fait son apparition au beau milieu du dîner. Ses joues étaient roses. Et quelque chose clochait avec son chemisier. J'ai fixé les deux pans de son ourlet d'un air perplexe. Ils n'étaient pas parallèles — son chemisier était mal boutonné. Mes yeux se sont écarquillés à la réalisation de ce que ça signifiait.

— Où étais-tu ? a demandé maman. J'étais inquiète.

— J'ai téléphoné pour aviser papa que je serais en retard, a indiqué ma sœur en prenant place à la table.

Quand elle était assise, son chemisier mal boutonné n'était plus autant en évidence.

— Qu'est-ce que c'est ? a-t-elle demandé en reniflant le plateau de service.

— Du bœuf salé. Je l'ai concocté à la mijoteuse, a affirmé maman.

Papa avait levé les yeux en entendant son nom et était revenu à la réalité durant un instant. Il fait partie de l'équipe de recherche et de développement chez IBM, et parfois, il semble plus à l'aise dans la réalité *virtuelle*.

— Hummm, a marmonné Mary K. en signe de désapprobation.

Elle s'est servi des carottes, du chou et des oignons en laissant visiblement de côté la viande. Dernièrement, elle avait développé un goût végétarien.

— C'est délicieux, lui ai-je dit jovialement, simplement pour la taquiner.

Mary K. m'a lancé un regard noir.

— Je pense qu'Eileen et Paula ont décidé d'acheter la maison de la rue York, à Jasper, a annoncé maman.

— Cool, ai-je émis. Jasper est à environ vingt minutes, n'est-ce pas ?

Ma tante et sa petite amie avaient décidé d'emménager ensemble et s'étaient mises à la recherche d'une maison en compagnie de ma mère, une agente immobilière.

— Exact, a répondu maman. C'est facile de s'y rendre à partir d'ici.

— C'est bien.

Je me suis levée et j'ai apporté mon assiette dans la cuisine, attendant déjà anxieusement que ma famille se mette au lit. J'avais du boulot à faire.

Le sortilège permettant de lier des outils à soi était complexe sans être difficile, et il n'impliquait aucun outil ou ingrédient que je n'avais pas en ma possession. Je savais que j'aurais besoin de travailler sans être dérangée et je ne voulais pas jeter le sort à l'extérieur. Le grenier semblait être un bon choix.

J'ai finalement entendu mes parents se retirer dans leur chambre à coucher et ma sœur brosser ses dents bruyamment dans la salle de bain que nous partagions. Quand elle a passé la tête dans la porte de ma chambre pour me souhaiter bonne nuit, elle m'a trouvée penchée sur un livre discutant les différences entre la pratique de la Wicca seul et avec une assemblée.

C'était une lecture fascinante. Chaque méthode avait ses avantages — et ses inconvénients.

— Bonne nuit, a lancé Mary K. en bâillant.

J'ai levé les yeux vers elle.

— La prochaine fois que tu arrives en retard, tu ferais mieux de t'assurer que ton chemisier est bien boutonné, ai-je dit doucement.

Elle a baissé les yeux sur sa tenue, horrifiée.

— Oh non, a-t-elle soufflé.

— Je t'en prie... fais... fais attention.

J'aurais voulu en dire davantage, mais je me suis obligée à me limiter à ça.

— Ouais, ouais, je serai prudente.

Elle est disparue dans sa chambre.

Vingt minutes plus tard, sentant que tout le monde était endormi, je me suis glissée sur la pointe des pieds vers l'escalier menant au grenier en portant sur moi les outils de Maeve, le sortilège qu'Alyce m'avait retranscrit et quatre bougies blanches.

J'ai balayé la poussière dans une partie du grenier et j'y ai installé les quatre bougies pour former un carré. À l'intérieur du carré, j'ai dessiné un cercle à l'aide d'une craie blanche. Puis, j'ai pénétré dans le cercle et je l'ai refermé avant de déposer les outils de Maeve sur un vieux pull molletonné. En théorie, le pull déborderait de mes vibrations personnelles.

J'ai médité un moment pour tenter de relâcher mon angoisse à propos de Hunter et de me plonger dans la magye pour la sentir se dévoiler à moi et révéler graduellement ses secrets. Puis, j'ai recueilli les outils de Maeve — sa robe, sa baguette, ses gobelets des quatre éléments, son athamé et d'autres objets qui n'étaient peut-être pas des outils, mais que j'avais trouvés dans la même boîte : une plume, une chaîne en argent munie d'une amulette claddagh, plusieurs morceaux de cristaux et cinq pierres d'aspects différents.

J'ai récité le chant rituel.

— Déesse mère, protectrice de la magye et de la vie, entend ma chanson. Comme il en était pour mon clan, il doit en être de même pour moi et pour ma famille à venir. J'offre ces outils à ton service et en signe d'adoration de la nature glorieuse. Avec eux, j'honorerai la vie, n'infligerai pas le mal et bénirai tout ce qui est bon et bien. Illumine ces outils de ta lumière afin que je puisse les utiliser avec des intentions pures et dans un but infaillible.

J'ai posé les mains sur les outils, ressentant leur pouvoir, mais aussi pour leur communiquer le mien.

Comme par le passé, une chanson gaélique a franchi mes lèvres, et je l'ai laissée se glisser doucement dans l'obscurité.

> « *An di allaigh an di aigh*
> *An di allaigh an di ne ullah*
> *An di ullah be nith rah*
> *Cair di na ulla nith rah*
> *Cair feal ti theo nith rah*
> *An di allaigh an di aigh.* »

Doucement, j'ai chanté ces mots anciens encore et encore, ressentant une chaleur énergique s'enrouler autour de moi. La dernière fois que j'avais chanté ces paroles, elles avaient attiré une quantité immense de pouvoir, si bien que je m'étais sentie comme une déesse. Ce soir-là, l'énergie était plus douce, plus concentrée, et le pouvoir se déplaçait autour de moi et en moi comme de l'eau et plongeait de mes mains aux outils jusqu'à ce que je ne puisse plus sentir où les outils se terminaient et où mon corps débutait. J'étais agenouillée, mais je ne sentais plus mes genoux et, prise de vertige, je me suis demandé si je lévitais. Soudain, j'ai réalisé que je ne chantais plus, et que le pouvoir chaleureux et riche m'avait exténuée : mon souffle était dru, mes joues étaient rouges et de la sueur coulait le long de mon dos.

J'ai baissé les yeux vers le sol. Les outils étaient-ils liés à moi à présent ? Avais-je bien jeté le sort ? J'avais suivi les instructions. J'avais ressenti le pouvoir. Il n'y avait rien d'autre d'inscrit sur le papier qu'Alyce m'avait remis. Clignant des yeux et ressentant soudain une fatigue intense, j'ai tout ramassé, j'ai soufflé les bougies et je me suis glissée à l'étage. Dans un mouvement silencieux, j'ai dévissé le couvercle du conduit du système de chauffage, de ventilation et de climatisation situé dans le couloir menant à ma chambre pour y ranger mes outils, à l'exception de mon athamé. C'était ma cachette sûre.

De retour dans ma chambre, j'ai enfilé mon pyjama et j'ai brossé mes dents. J'ai défait mes nattes et j'ai donné quelques coups de brosse à mes cheveux, trop fatiguée pour leur accorder une plus grande attention. Enfin, c'est avec soulagement que je me suis couchée dans mon lit avec le Livre des ombres de Maeve, que j'ai ouvert à l'endroit où un signet marquait ma page. Par habitude, j'ai tenu l'athamé de ma mère, et son manche gravé de ses initiales, dans ma main.

J'ai commencé à lire en pointant parfois des mots à l'aide de l'athamé, comme s'il m'aiderait à décoder certains termes gaéliques.

Dans ce passage, Maeve décrivait un sortilège permettant de renforcer ses dons de présages. Elle mentionnait que quelque chose semblait bloquer sa vision : « C'est comme si les lignes d'énergie étaient troubles et sombres. Ma et moi tentons de lire l'avenir encore et encore, et nous obtenons toujours la même réponse : des malheurs sont éminents. Ce que ça signifie, je l'ignore. Une délégation provenant de Liathach, dans le nord de l'Écosse, est de passage. Ils, comme nous, sont des Woodbane ayant renoncé au mal. Peut-être qu'elle nous aidera à comprendre ce qui se passe. »

J'ai eu un frisson. *Des malheurs sont éminents.* S'agissait-il de la force sombre mystérieuse qui avait détruit Belwicket, l'assemblée de Maeve ? Non, il ne pouvait s'agir de cela, ai-je réalisé, car ces événements n'étaient pas arrivés avant 1982. Ce passage avait été rédigé en 1981, soit près d'un an plus tôt. J'ai tapé l'athamé contre la page avant de poursuivre ma lecture.

« J'ai rencontré une sorcière. »

Les mots ont flotté sur la page, leurs lettres illuminées parmi le passage régulier. J'ai cligné des yeux, et ils avaient disparu. J'ai fixé du regard l'écriture angulaire de Maeve en me demandant ce que j'avais vu. Je me suis concentrée, posant un regard fixe sur la page et intimant les mots et l'écriture d'apparaître de nouveau. Rien.

J'ai saisi l'athamé et je l'ai lentement fait glisser sur l'encre bleue. Des taches puis des rayons de lumière sont apparus pour former des mots. « J'ai rencontré une sorcière. »

J'ai retenu mon souffle et j'ai gardé mes yeux sur la page. Les mots sont apparus sous l'athamé. Et lorsque j'ai retiré le couteau, ils ont disparu. Encore une fois, j'ai fait glisser le couteau sur la page. « Au sein du groupe de Liathach, il y a un homme. Il y a quelque chose en lui. Déesse, il m'attire vers lui. »

Oh mon Dieu. J'ai levé les yeux et j'ai survolé ma chambre du regard pour m'assurer que j'étais éveillée, que je ne rêvais pas. Le tic-tac de l'horloge résonnait, Dagda se tortillait près de ma jambe et le vent soufflait contre mes fenêtres. Tout ceci était réel. Une autre facette de l'histoire de ma mère se révélait à moi : elle avait rédigé des passages secrets dans son Livre des ombres.

Rapidement, je suis revenue au début du livre dont Maeve avait commencé la rédaction lors de sa première initiation à l'âge de quatorze ans. En tenant l'athamé près de chaque page, j'ai survolé l'écriture pour voir si d'autres messages secrets se dévoilaient. D'une page à l'autre, j'ai fait glisser le couteau sur chaque ligne, chaque sortilège, chaque chanson et chaque poème. Rien. Rien pendant un très grand nombre de pages. Puis, en 1980, alors que Maeve avait dix-huit ans, des mots cachés ont commencé à apparaître. Je me suis remise à lire, oubliant la fatigue ressentie plus tôt.

Au départ, les passages étaient simplement des renseignements que Maeve avait souhaité cacher à sa mère : le fait qu'une amie et elle fumaient des cigarettes, ou qu'Angus mettait beaucoup de pression sur elle pour qu'ils aillent «jusqu'au bout» et qu'elle y réfléchissait. Il s'agissait parfois de remarques ou d'observations sarcastiques ou moqueuses au sujet d'habitants du village, de sa famille ou d'autres membres de son assemblée.

Mais à mesure que le temps avançait, Maeve avait aussi inscrit des sortilèges ; des sortilèges différents des autres. Une grande partie des expériences de Maeve, de Mackenna et de l'assemblée de Belwicket étaient centrées sur des choses pratiques : des potions guérisseuses, des talismans pour la chance, des sortilèges pour assurer la croissance des moissons. Les nouveaux sortilèges de Maeve impliquaient la communication avec les oiseaux et des cris pour les appeler. Comment insérer son âme dans celle d'un animal. Comment lier son âme à celle d'une autre personne. Des sorts qui n'étaient pas pratiques, mais puissants et fascinants.

Je suis revenue au passage découvert quelques minutes plus tôt. Lentement, mot par mot, j'ai lu les lettres brillantes. Chaque passage était entouré de moyens de dissimulation et de symboles que je ne reconnaissais pas. Je les ai mémorisés afin de pouvoir les rechercher plus tard.

Minutieusement, j'ai lu le message.

« Ciaran m'a rendu visite pour le thé. Angus et lui se regardent en chiens de faïence. Ciaran est un ami — un bon ami — et je ne supporterai pas qu'Angus le rabaisse. »

Angus Bramson était mon père biologique. Ciaran devait être la sorcière écossaise que Maeve venait de rencontrer. Des passages précédents détaillaient la cour qu'Angus lui faisait — ils se connaissaient pratiquement depuis toujours. Après la destruction de Belwicket, Maeve et Angus s'étaient enfuis ensemble pour s'installer en Amérique. Deux ans plus tard, j'étais née, mais je ne pense pas qu'ils se soient mariés. Maeve avait déjà déploré par écrit qu'Angus ne soit pas son *mùirn beatha dàn* — son partenaire de vie prédestiné, son âme sœur, l'homme fait pour elle.

J'étais persuadée que Cal était le mien. Je ne m'étais jamais sentie aussi proche d'une personne — à l'exception de Bree.

« Aujourd'hui, j'ai montré à Ciaran le cap près de Windy Cliffs. C'est un endroit magnifique, sauvage et farouche, et Ciaran paraissait aussi sauvage et farouche que la nature qui l'entourait. Il est si différent des garçons d'ici. Il semble plus âgé que vingt-deux ans, il a voyagé un peu et a vu le monde. Il me fait mourir de désir.»

Oh mon Dieu, ai-je songé. Maeve, dans quoi t'embarques-tu?

Je l'ai découvert rapidement.

«Je ne peux pas m'en empêcher. Ciaran représente tout ce qu'un homme devrait être. J'aime Angus, oui, mais il est comme un frère pour moi. Je le connais depuis toujours. Ciaran désire les choses que je désire, s'intéresse aux mêmes choses, déteste les mêmes choses et partage mon sens de l'humour. Je pourrais passer des jours à lui parler, sans faire quoi ce soit d'autre. Et puis, il y a sa magye — son pouvoir. C'est époustouflant. Il connaît tellement de choses que j'ignore, que personne d'autre ici ne connaît. Il fait mon apprentissage. Et avec lui, je me sens…

«Déesse! Je n'ai jamais autant voulu toucher quelqu'un.»

Ma gorge s'est serrée et les muscles de mon dos se sont contractés. J'ai déposé le livre sur mes genoux en tentant d'analyser pourquoi cette révélation me perturbait autant.

L'amour est-il jamais simple ? me suis-je demandé. Je pensais à Mary K. et à Bakker, le gars qui sera probablement en libération conditionnelle avant l'âge de vingt ans ; à Bree qui enfilait des perdants les uns après les autres ; à Matt qui avait trompé Jenna avec Raven… C'était complètement décourageant. Puis, j'ai songé à Cal et je me suis sentie immédiatement mieux. Peu importe les problèmes que nous avions, au moins, ils étaient extérieurs à l'amour que nous partagions.

J'ai cligné des yeux et j'ai réalisé que mes paupières étaient graveleuses et lourdes. Il était très tard, et je devais me rendre à l'école le lendemain. Rapidement, j'ai lu un dernier passage.

« J'ai embrassé Ciaran, et c'était comme un rayon de soleil traversant une fenêtre. Déesse, merci de l'avoir guidé vers moi. Je pense qu'il est le bon. »

En grimaçant, j'ai caché le livre et l'athamé sous mon matelas. Je ne voulais pas le savoir. Angus était mon père biologique — celui qui était resté à ses côtés, qui était mort avec elle. Et elle était amoureuse de quelqu'un d'autre! Elle avait trahi Angus! Comment pouvait-elle être aussi cruelle, ma mère?

Je me sentais trahie aussi, d'une manière ou de l'autre, et savoir que je me montrais peut-être injuste envers Maeve ne m'aidait pas. J'ai éteint ma lumière, j'ai tapoté mon oreiller jusqu'à ce qu'il soit confortable et je suis tombée endormie.

6

Savoir

J'aurai ces cicatrices pour toujours. Chaque fois que je regarde mes poignets, je ressens de la rage à nouveau. Maman y met du baume, mais ils me font constamment mal, et ma peau ne sera plus jamais la même.

Je remercie la Déesse du fait que Giomanach ne nous dérangera plus jamais.

— Sgàth

— Si tu fredonnes cette chanson encore une fois, je pense que je n'aurai d'autre choix que de te jeter hors de ma voiture, ai-je avisé ma sœur le lendemain matin.

Mary K. a soulevé le couvercle de sa tasse pour avaler une gorgée de café.

— Wow, tu es bougonne aujourd'hui.

— C'est normal d'être bougon le matin.

J'ai avalé la dernière goutte de mon Coke diète avant de jeter la canette vide dans le sac en plastique que je conservais pour le recyclage.

— Les tornades sont des événements normaux, mais ça ne veut pas dire que ce soit une *bonne* chose.

J'ai ronchonné, mais secrètement, j'appréciais notre chamaillerie. Elle me paraissait si… normale.

Normal. Rien ne serait plus jamais normal. Pas après ce que Cal et moi avions fait.

Il n'y avait aucune mention d'un corps repêché dans la rivière dans le journal de ce matin non plus. Peut-être avait-il coulé au fond, ai-je pensé. Ou peut-être est-il demeuré accroché à un rocher submergé ou à un tronc d'arbre. Je l'imaginais plongé dans l'eau glacée, ses cheveux pâles flottant autour de son visage comme des algues, ses mains se balançant mollement dans le courant… Une soudaine attaque de nausée a alors failli provoquer des vomissements.

Mary K. n'a rien remarqué. Elle regardait par le pare-brise la mince couche de nuages qui voilait le soleil matinal.

— Je serai heureuse de voir les vacances arriver.

Je me suis forcée à sourire.

— Tu n'es pas la seule.

J'ai engagé ma voiture dans la rue de notre école pour réaliser que tous les endroits où je me garais normalement étaient déjà occupés.

— Pourquoi ne descends-tu pas ici, ai-je suggéré, et j'irai me garer de l'autre côté.

— OK. À plus.

Mary K. est sortie de Das Boot pour filer vers son groupe d'amis, son souffle provoquant de la buée. Il faisait froid à nouveau aujourd'hui, et le vent était mordant.

De l'autre côté de la rue se trouvait une deuxième aire de stationnement, à l'arrière du bureau d'agents immobiliers abandonné. De grands sycomores à l'apparence de squelettes pelés bordaient le terrain de

stationnement, et quelques cyprès brous-
sailleux lui donnaient un air intime et pro-
tégé — ce qui expliquait pourquoi les dro-
gués le fréquentaient quand le temps était
plus chaud. L'aire de stationnement étant
presque vide, j'ai manœuvré Das Boot pour
le garer dans une place. Mercredi, comme
l'école se terminait à midi, j'avais un rendez-
vous au garage Unser pour remplacer mon
phare.

— Morgan.

Une voix mélodieuse m'a fait sursauter.
Je me suis tournée pour apercevoir Selene
Belltower assise dans sa voiture, garée trois
places plus loin. Elle avait baissé sa vitre.

— Selene ! me suis-je exclamée en
avançant dans sa direction. Que fais-tu ici ?
Est-ce que Cal va bien ?

— Il va beaucoup mieux, m'a rassurée
Selene. En fait, il est en route pour l'école en
ce moment, mais je désirais te parler. Peux-
tu t'asseoir dans ma voiture un instant, je
te prie ?

J'ai ouvert la portière, flattée de l'attention qu'elle me portait. De tellement de
façons, elle était la sorcière que j'aspirais à

devenir un jour : puissante, chef d'une assemblée, extrêmement cultivée.

J'ai jeté un regard à ma montre en m'enfonçant dans le siège du passager. Il était couvert d'un cuir brun et souple, chauffé et incroyablement confortable. Malgré tout, j'espérais que Selene puisse résumer ce qu'elle avait à me dire en quatre minutes ou moins, car c'était le temps qui me séparait du son de la dernière cloche.

— Cal m'a dit que tu as trouvé les outils de Belwicket, m'a-t-elle dit d'un air excité.

— Oui, ai-je répondu.

Elle a souri et a hoché la tête.

— Quelle découverte incroyable. Comment les as-tu repérés ?

— J'ai eu une vision de Maeve, ai-je expliqué. Elle m'a dit où les trouver.

Selene a arqué les sourcils.

— Bonté divine. Tu as eu une vision ?

— Oui. En fait, je faisais des présages, ai-je admis en rougissant.

Je n'en étais pas certaine, mais j'avais l'impression que les présages et les prédictions faisaient partie des choses que je

n'étais pas supposée faire en tant que sorcière non initiée.

— Et j'ai vu Maeve et là où les outils
devaient être.

— Avec quoi as-tu fait ton présage ? De
l'eau ?

— Du feu.

Elle s'est calée dans son siège, étonnée,
comme si j'avais trouvé un nombre premier
élevé et impossible à trouver.

— Du feu ! Tu as fait des présages avec
le feu ?

J'ai hoché la tête, à la fois gênée et heureuse devant sa stupéfaction.

— J'aime le feu, ai-je ajouté. Le feu…
me parle.

Il y a eu un moment de silence, et j'ai
commencé à me sentir mal à l'aise. J'avais
fait une entorse aux règles et suivi ma
propre voie dans la Wicca, et ce, pratiquement depuis le début.

— Rares sont les sorcières qui font des
présages avec le feu, a répliqué Selene.

— Pourquoi pas ? Cela fonctionne si
bien.

— Pas pour la plupart des gens, a-t-elle répliqué. C'est un élément très capricieux. Il faut beaucoup de pouvoir pour utiliser le feu.

J'ai senti son regard posé sur moi, mais je ne savais pas quoi dire.

— Où se trouvent les outils de Maeve à présent ? a demandé Selene.

J'étais soulagée qu'elle n'emploie pas un ton fâché ou désapprobateur. Je ressentais une émotion d'intimité dans la voiture, de grande confidentialité, comme si ce que nous nous disions là demeurerait un secret à jamais.

— Ils sont cachés, l'ai-je rassurée.

— Bien, a affirmé Selene. Je suis certaine que tu sais à quel point ces outils sont puissants. Je suis contente que tu sois prudente. Et je souhaitais seulement t'offrir mes services, mes conseils et mon expérience pour t'apprendre à bien les utiliser.

J'ai hoché la tête.

— Merci.

— Et j'espérais, en raison de notre relation étroite et de ta relation avec Cal, que tu voudrais peut-être que je regarde les outils, que je les essaie et que je partage mes pouvoirs avec eux. Je suis très puissante, et les outils le sont aussi — ça pourrait être très excitant de combiner ces forces.

À cet instant, un Explorer doré qui m'était très familier a roulé dans l'aire de stationnement. J'ai aperçu le profil de Cal à travers ses vitres teintées, et mon cœur a bondi. Il a jeté un regard à la dérobée dans notre direction, s'est immobilisé un moment avant de garer sa voiture et d'éteindre le moteur. J'ai baissé ma vitre avec empressement, et par le fait même, j'ai entendu le son de la dernière cloche.

— Allô ! lui ai-je dit.

Il s'est approché et s'est penché contre la portière pour regarder à l'intérieur de la voiture.

— Allô, a-t-il répondu.

Les manches de son blouson recouvraient ses poignets blessés.

— Maman ? Que fais-tu ici ?

— J'étais impatiente de parler des outils de Belwicket avec Morgan, a indiqué Selene en riant.

— Oh, a fait Cal.

Le ton monotone de sa voix me rendait perplexe. Il paraissait presque agacé.

— Hum, j'ai quelque chose d'autre à te dire, ai-je commencé avec hésitation. J'ai lié les outils à moi. Je ne pense pas qu'ils fonctionneront très bien pour quelqu'un d'autre.

Cal et Selene m'ont fixée du regard comme si j'avais soudain annoncé que j'étais un homme.

— Quoi ? a fait Selene, les yeux écarquillés.

— J'ai lié les outils à moi, ai-je indiqué en me demandant si j'avais agi de façon trop impulsive.

Mais Alyce semblait si certaine.

— Que veux-tu dire, tu as lié les outils à toi ? a demandé Cal avec circonspection.

J'ai avalé ma salive. J'ai soudainement eu l'impression d'être une enfant appelée au bureau du directeur.

— J'ai lancé un sort qui a lié les outils à moi en envoyant mes vibrations vers eux. Ils font partie de moi maintenant.

— Wow ! Comment ça ? a demandé Cal.

— Eh bien, ai-je dit, pour que ce soit plus difficile pour les autres de les utiliser. Et pour rehausser mes pouvoirs lorsque je les utilise.

— Ciel, a affirmé Selene. Qui t'a montré comment faire cela ?

J'ai entrouvert les lèvres pour prononcer « Alyce », mais à ma surprise, d'autres mots sont sortis de ma bouche.

— Je l'ai lu quelque part.

— Hummm, a-t-elle dit pensivement. Il existe des moyens de délier des outils.

— Oh, ai-je dit, mais je ressentais de l'incertitude.

Pourquoi voudrait-elle que je les délie ?

— J'aimerais te donner une expérience pratique sur la façon de les utiliser, a souri Selene. Tu ne peux pas tout apprendre dans les livres.

— Non, ai-je admis, mais je me sentais toujours aussi incertaine et indéniablement mal à l'aise. Eh bien, je dois y aller.

— D'accord, a fait Selene. Je te félicite encore une fois d'avoir trouvé les outils. Je suis si fière de toi.

Ses paroles m'ont fait chaud au cœur, et lorsque je suis sortie de la voiture, je me sentais mieux.

J'ai posé les yeux sur Cal.

— Tu viens?

— Ouais, a-t-il dit en hésitant comme s'il s'apprêtait à dire quelque chose avant de changer d'idée. Je te parlerai plus tard, maman, a-t-il simplement lancé.

— D'accord, a-t-elle dit en remontant la vitre.

Cal s'est dirigé vers l'école. Ses foulées étaient si longues que je devais pratiquement courir pour suivre son pas. En jetant un coup d'œil vers son profil, j'ai remarqué que sa mâchoire était serrée.

— Qu'est-ce qui ne va pas? ai-je demandé, essoufflée. Es-tu fâché?

Il m'a jeté un regard.

— Non, a-t-il dit. Je veux seulement éviter d'être en retard.

Mais nul besoin de mes sens de sorcière pour savoir qu'il me mentait. Était-il fâché parce que j'avais lié les outils à moi, et à présent, personne d'autre ne pouvait les utiliser?

Ou était-il fâché contre Selene ? On aurait presque dit que oui. Mais pourquoi ?

À partir de ce moment, ma journée n'a fait qu'empirer. En allant d'une salle de cours à une autre, je suis tombée accidentellement sur Matt Adler et Raven Meltzer échangeant des baisers passionnés dans un laboratoire de chimie vide. Lorsque nos regards se sont croisés, Matt a presque semblé vouloir s'évaporer, et Raven a affiché un air plus suffisant que d'habitude. Pouah, ai-je songé. Puis, j'ai réalisé que je ne pourrais jamais plus porter de jugement sur quiconque à propos de quoi que ce soit parce que ce que j'avais fait était si terrible, tellement contre nature. Et dès que cette pensée s'est infiltrée dans mon esprit, je me suis précipitée dans les toilettes des filles pour pleurer.

À l'heure du repas, Cal et moi nous sommes assis à notre table habituelle, avec la bande de Cirrus. Le groupe était silencieux aujourd'hui. Le visage de Robbie était fermé, et je me demandais comment les choses s'étaient passées chez Bree la veille.

Probablement pas très bien, puisque Bree se trouvait de l'autre côté de la salle à manger, rigolant, juchée sur les cuisses de Chip Newton. Génial.

Jenna était encore plus pâle que d'habitude. Lorsque Cal lui a demandé où se trouvait Matt, elle a répondu :

— Je ne sais pas. Nous avons rompu hier soir.

Elle a haussé les épaules, et la discussion s'est arrêtée là. J'étais surprise et impressionnée par son calme. Elle était plus forte qu'elle ne le paraissait.

Ethan Sharp et Sharon Goodfine étaient assis ensemble. Après des mois de flirts, ils se regardaient dans les yeux comme s'ils avaient enfin réalisé que l'autre était une personne réelle, pas seulement une simulation efficace. Sharon et lui partageaient un bagel. C'était le seul événement joyeux à se produire.

D'une manière ou de l'autre, j'ai péniblement survécu à l'après-midi. Je pensais constamment à Selene me montrant à utiliser les outils. Une minute, je voulais le faire, et la minute suivante, je me souvenais de l'avertissement d'Alyce et je décidais de les garder pour moi. Je n'arrivais pas à me décider.

Lorsque la dernière cloche a retenti, j'ai ramassé mes affaires avec soulagement. Seulement une demi-journée le lendemain, merci Déesse, puis suivrait un congé de quatre jours. Je suis sortie à la recherche de Mary K.

— Hé, a lancé ma sœur en arrivant près de moi. Il fait assez froid à ton goût ?

Nous avons levé les yeux vers le ciel strié de nuages qui se déplaçaient lentement.

— Ouais, ai-je dit en soulevant mon sac à dos. Viens. Je suis garée dans le terrain de stationnement sur le côté.

Cal a fait son apparition au moment où je me tournais.

— Hé, Mary K., a-t-il dit.

Puis il s'est penché la tête pour s'adresser uniquement à moi.

— Est-ce que ça te va si je te rends visite cet après-midi ?

Sa question contenait un message inexprimé — nous avons beaucoup de choses à nous dire — et j'ai hoché la tête immédiatement.

— Je te vois là-bas.

Il a effleuré brièvement ma joue, a adressé un sourire à Mary K. avant de marcher à nos côtés en direction de sa voiture. Ma sœur a sourcillé et je lui ai lancé un regard.

Une fois à bord de Das Boot, le chauffage au maximum, Mary K. s'est exclamée :

— Alors, vous avez couché ensemble ?

J'ai failli appuyer sur la pédale d'accélération, ce qui nous aurait fait foncer tout droit dans un arbre.

— Bon Dieu, Mary K. ! me suis-je écriée en la fixant du regard.

Elle s'est mise à ricaner avant d'adopter un regard de défi.

— Bien quoi ? Vous sortez ensemble depuis un mois, il est superbe, et c'est *évident* qu'il n'est pas vierge. Tu es ma sœur. Si je ne peux pas t'en parler, à qui puis-je le faire ?

— Parler de quoi ? ai-je demandé d'un ton irrité tout en sortant de la place de stationnement.

— De sexe, a-t-elle dit.

J'ai posé ma tête contre le volant quelques secondes.

— Mary K., tu seras peut-être étonnée de l'apprendre, mais tu as seulement quatorze ans. Tu es en secondaire trois. Tu ne penses pas que tu es trop jeune pour penser à ça ?

Dès que j'ai prononcé ces paroles, j'ai souhaité les reprendre. Je parlais de la même façon que maman. Je n'ai pas été surprise de voir le visage de ma sœur se fermer.

— Je suis désolée, lui ai-je dit. Tu… tu m'as surprise. Donne-moi une seconde.

J'ai tenté de réfléchir rapidement tout en conduisant.

— Le sexe, ai-je soufflé. Non, ce n'est pas encore arrivé.

Mary K. a eu l'air étonnée. J'ai poussé un soupir.

— Oui, Cal le veut, et je le veux. Mais le bon moment n'est pas encore venu. Je veux dire, j'aime Cal. Je me sens incroyablement bien avec lui. Et il est si séduisant et tout.

Mes joues se sont empourprées.

— Mais nous ne sommes ensemble que depuis un mois, et tout arrive en même temps, ce qui fait que... eh bien, le bon moment ne s'est pas présenté.

J'ai froncé les sourcils d'un air accusateur.

— Et je pense que c'est important d'attendre le *bon* moment. Tu dois être super à l'aise et follement amoureuse. Sinon, ce n'est pas bon, a conclu l'incroyablement expérimentée Morgan Rowlands.

Mary K. m'a regardée.

— Et si l'autre *est* certain, et que tu veux lui faire confiance ?

Note à moi-même : Jeter un sort de castration à Bakker Blackburn. J'ai inspiré avant d'engager la voiture dans notre rue et d'apercevoir Cal qui roulait derrière nous. Je me suis garée dans notre cour, j'ai éteint le moteur, mais je suis demeurée dans la voiture. Cal s'est garé et s'est dirigé vers la maison pour nous attendre sous le porche.

— Je pense que tu en sais suffisamment pour en avoir la certitude par toi-même, ai-je affirmé doucement. Tu n'es pas

idiote. Tu sais comment tu te sens. Certaines personnes se fréquentent pendant
des années avant de coucher ensemble.

Où allais-je chercher tout ça ? Était-ce
tiré de mes années de lecture de magazines
pour adolescentes ?

— Ce qui est le plus important, ai-je
poursuivi, c'est de prendre tes propres
décisions et de ne pas céder à la pression.
J'ai dit à Cal que je n'étais pas prête, et il
était profondément déçu.

J'ai alors baissé la voix, comme s'il pouvait nous entendre de l'extérieur de la voiture, à une distance de six mètres.

— J'insiste sur le *profondément*. Mais il
a accepté ma décision et il attendra que je
sois prête.

Mary K. a fixé son regard sur ses
cuisses.

— Par contre, si pour une raison ou
l'autre, tu penses que ça va arriver, je t'en
prie, utilise neuf méthodes contraceptives,
et vérifie sa santé, et sois prudente, et
assure-toi de ne pas avoir de mal. OK ?

Ma sœur a rougi puis a hoché la tête. Sous le porche, j'ai vu Cal remuer les pieds pour lutter contre le froid.

— Veux-tu que je renvoie Cal à la maison pour qu'on puisse en parler davantage ?

Je t'en prie, dis non.

— Non, ça va, a répondu Mary K. Je pense que je comprends.

— OK. Je suis toujours là. Je veux dire, si tu ne peux pas parler à ta sœur, à qui peux-tu parler ?

Elle m'a adressé un grand sourire, et nous avons échangé un câlin. Puis, nous avons filé vers la maison. Vingt minutes plus tard, Mary K. faisait ses devoirs à l'étage pendant que Cal et moi buvions du thé chaud dans la cuisine. Et j'espérais que ma sœur suivrait mes conseils.

7

Soi

Juillet 2000

Le Conseil supérieur m'a convoqué à Londres à mon retour du nord. J'ai passé trois jours à répondre à des questions sur tous les sujets, allant de ce qui causait la guerre entre les clans aux propriétés médicinales de l'armoise vulgaire. J'ai rédigé des analyses de décisions antérieures des anciens. J'ai jeté des sorts et effectué des rituels.

Et puis, les membres ont rejeté ma demande. Non pas parce que mes pouvoirs sont faibles et mes connaissances, maigres, ni parce que je suis trop jeune, mais parce qu'ils doutent de mes intentions. Ils pensent que je cherche à venger Linden et mes parents.

Mais ce n'est plus ce qui me motive mainte-nant. J'en ai parlé à Athar hier soir. Je pense qu'elle est la seule à me comprendre pleinement.

« *Tu ne cherches pas à te venger, mais à te racheter, m'a-t-elle dit alors que ses yeux noirs m'évaluaient. Mais Giomanach, j'ignore quelle quête est la plus dangereuse.* »

Elle est profonde, ma cousine Athar. Je ne sais pas comment elle est devenue si sage.

Je ne laisserai pas tomber. Je vais récrire au Conseil supérieur aujourd'hui. Je ferai en sorte que ses membres me comprennent.

— Giomanach

La taille de notre cuisine représentait environ le sixième de celle de Cal, et plutôt que d'être meublée d'un comptoir de granit et d'armoires de style campagne française faites sur mesure, notre comptoir était revêtu de Formica usé à la corde et nos armoires dataient d'environ 1983. Mais notre cuisine était plus chaleureuse.

Sous la table, j'ai appuyé mes jambes sur les genoux de Cal et, penchés l'un vers l'autre, nous avons discuté. Je frémissais à l'idée que nous aurions un jour notre propre maison; une maison à nous deux. J'ai levé les yeux vers la peau lisse et bronzée de Cal, son nez parfait, ses sourcils épais, et j'ai poussé un soupir. Nous devions parler de Hunter.

— Je suis vraiment bouleversée, lui ai-je dit doucement.

— Je sais. Moi aussi. Je n'aurais jamais pensé que nous en arriverions là, a-t-il lancé avant de pousser un rire sec. En fait, je pensais que nous allions simplement nous battre un peu et que ça mettrait fin à tout. Mais quand Hunter a brandi sa *braigh*…

— La chaîne argentée qu'il a utilisée?

Cal a frissonné.

— Oui, a-t-il dit d'une voix rauque. Elle était ensorcelée. Une fois qu'elle s'est trouvée sur moi, je suis devenu impuissant.

— Cal, je n'arrive tout simplement pas à croire ce qui est arrivé, lui ai-je dit, mes yeux se remplissant de larmes, que j'ai essuyées d'une main. Je ne peux penser à rien d'autre. Et pourquoi son corps n'a-t-il pas encore été retrouvé? Et qu'allons-nous faire lorsqu'il sera trouvé? Je te jure : chaque fois que le téléphone sonne, je pense que c'est la police voulant me demander de me rendre au poste pour répondre à quelques questions.

Une larme s'est échappée et a roulé sur ma joue.

— Je n'arrive pas à m'en remettre.

— Je suis tellement désolé.

Cal a poussé sa chaise vers la mienne pour m'envelopper de ses bras.

— J'aimerais que nous soyons chez moi, a-t-il fait doucement. Je voudrais te tenir dans mes bras sans craindre que tes parents arrivent.

J'ai hoché la tête en reniflant.

— Qu'allons-nous faire ?

— Il n'y a rien à faire, Morgan, a affirmé Cal en posant des baisers sur ma tempe. C'était horrible, et je me suis maudit un millier de fois de t'avoir impliquée dans cette histoire. Mais c'est arrivé, et nous ne pouvons pas revenir en arrière. Et n'oublie jamais que c'était de la légitime défense. Hunter a tenté de me tuer. Tu essayais de me protéger. Qu'aurions-nous pu faire d'autre ?

J'ai secoué la tête.

— Je n'ai jamais rien vécu de la sorte, a murmuré Cal, les lèvres dans mes cheveux. C'est la pire chose qui me soit arrivée. Mais tu sais quoi? Je suis reconnaissant de vivre ceci avec toi. Je ne suis pas content que tu sois impliquée. J'ai imploré la Déesse pour que tu ne le sois pas. Mais comme nous sommes aux prises avec ceci ensemble, je suis tellement content de t'avoir.

Il a secoué la tête.

— Ce que je dis n'a pas de sens. J'essaie seulement de te dire que, d'une manière horrible, tout ceci m'a rapproché de toi.

Je l'ai regardé dans les yeux.

— Ouais, je sais ce que tu veux dire.

Nous sommes restés ainsi, assis à la table, enlacés, jusqu'à ce que mes omoplates deviennent douloureuses en raison de notre position et m'obligent à m'arracher à son étreinte. Je devais changer de sujet.

— Ta mère avait l'air vraiment excitée à propos de mes outils, lui ai-je dit en prenant une gorgée de thé.

Cal a glissé ses doigts dans ses cheveux noirs et effilés.

— Ouais. Elle est comme une petite fille. Elle veut mettre la main sur toutes les nouveautés. Surtout quand il s'agit des outils de Belwicket.

— Y a-t-il quelque chose de spécial à propos de Belwicket en particulier ?

Cal a haussé les épaules d'un air pensif. Il a siroté son thé avant de dire :

— Je pense que c'est le mystère qui entoure cette assemblée : comment elle a été détruite, son ancienneté et sa puissance. C'est une bénédiction que les outils ne soient pas perdus. Oh, et l'assemblée faisait partie du clan des Woodbane, a-t-il ajouté comme si cela lui était venu après coup.

— Est-ce important que l'assemblée faisait partie des Woodbane, comme Belwicket avait renoncé au mal ?

— Je ne sais pas, a émis Cal. Probablement pas. Je pense qu'il est probablement plus important de savoir ce que tu *feras* avec ta magye.

J'ai respiré la vapeur dégagée par mon thé.

— J'ai peut-être lié les outils à moi sans bien y réfléchir, lui ai-je dit. Qu'arriverait-il si une autre sorcière tentait de les utiliser à présent?

Cal a haussé les épaules.

— C'est imprévisible. Une autre sorcière pourrait renverser le pouvoir des outils de façon inattendue. En réalité, c'est plutôt inhabituel de lier les outils d'une assemblée à soi.

Il a levé les yeux pour rencontrer mon regard.

— J'avais seulement l'impression qu'ils étaient à moi, ai-je expliqué sans conviction. À moi, à ma mère biologique, à sa mère. Je voulais qu'ils n'appartiennent qu'à moi.

En hochant la tête, Cal a tapoté ma jambe, qui était posée sur son genou.

— Je ferais probablement la même chose s'ils étaient à moi, m'a-t-il dit.

Je l'adorais pour cet appui qu'il me donnait.

— Et ensuite, maman me tuerait, a-t-il ajouté en riant.

J'ai ri avec lui.

— Ta mère m'a dit que j'étais une sorcière exceptionnellement puissante, ce matin, dans sa voiture, lui ai-je dit. Alors, les sorcières possèdent des pouvoirs de différentes forces ? Dans un de mes livres d'histoire sur la Wicca, j'ai lu sur certaines sorcières qui étaient plus puissantes que d'autres. Est-ce que ça signifie qu'elles en savent davantage ou est-ce que ça fait référence à leur pouvoir inné ?

— Aux deux, m'a indiqué Cal.

Il a posé ses pieds de chaque côté des miens sous la table.

— C'est un peu comme l'éducation normale. Pour devenir une personne douée, tu dois être intelligente, mais aussi être instruite. Bien entendu, les sorcières de sang seront toujours plus puissantes que les humains. Mais même au sein des sorcières de sang, il existe un certain classement. Si tes pouvoirs sont naturellement faibles, tu peux étudier et t'exercer tant que tu veux, mais tes pouvoirs demeureront couci-couça. Si tes pouvoirs sont naturellement puissants, mais que tu ne sais absolument rien sur la Wicca, tu ne pourras pas en faire grand-chose non plus. C'est la combinaison des deux qui compte.

— Eh bien, quelle est la puissance de ta mère, par exemple ? ai-je demandé. Sur une échelle de un à dix ?

En riant, Cal s'est penché pour déposer un baiser sur ma joue.

— Fais attention. Tes gènes de mathématicienne font surface.

Je lui ai souri.

— Voyons voir, a-t-il réfléchi.

Il s'est gratté le menton, et, l'espace d'un moment, j'ai aperçu le pansement entourant son poignet. Mon cœur s'est serré à l'idée de la souffrance qu'il avait subie.

— Ma mère, sur une échelle de un à dix. Utilisons plutôt une échelle de un à cent, et disons qu'une sorcière aux pouvoirs faibles et sans formation serait un douze.

J'ai hoché la tête en plaçant cette personne mythique sur l'échelle.

— Et puis, que quelqu'un comme Mereden la sage ou Denys Haraldson se classeraient quelque part dans les quatre-vingt-dix.

J'ai hoché la tête. Je me souvenais d'avoir lu les noms de Mereden et de Denys dans mes livres d'histoire sur la Wicca. Ils avaient tous deux été des sorcières puissantes, des modèles à suivre, des éducateurs et des révélateurs. Mereden avait été brûlée sur un bûcher en 1517. Denys était mort lors d'un bombardement aérien à Londres en 1942.

— Sur cette échelle, ma mère serait un quatre-vingt ou un quatre-vingt-cinq, a affirmé Cal.

J'ai écarquillé les yeux.

— Wow. C'est vraiment élevé.

— Ouaip. Il ne faut pas l'embêter, a-t-il fait d'un ton plein d'ironie.

— Où est-ce qu'on se situe, toi et moi ?

— C'est plus difficile à dire, a répondu Cal en jetant un coup d'œil à sa montre. Tu sais, il fera noir sous peu, et j'aimerais beaucoup jeter des sorts à ta maison et à ta voiture vu que Sky est toujours en ville.

— OK, ai-je acquiescé en me levant. Mais tu ne peux vraiment pas me dire où nous nous classons sur l'échelle de la puissance des sorcières de Cal ? Ce qui me fait penser : Cal est le diminutif de Calvin ou c'est simplement Cal ?

Il a éclaté de rire avant d'apporter sa tasse au lavabo. À l'étage, Mary K. écoutait son nouveau CD préféré à plein volume.

— Calhoun, a-t-il fait en se dirigeant vers le salon.

— Calhoun, ai-je dit pour voir comment son nom sonnait.

J'en aimais le son.

— Réponds à ma question, Calhoun.

— Laisse-moi y réfléchir, a dit Cal en enfilant son blouson. C'est difficile d'être objectif à mon sujet, mais je dirais que je suis un soixante-deux. Je veux dire, je suis jeune, mes pouvoirs vont probablement croître à mesure que je vieillis. Mes racines sont bonnes, je suis un bon élève, mais je ne suis pas une étoile filante. Je n'aurai pas de succès foudroyant dans le monde de la Wicca. Alors, je me donnerais la note de soixante-deux.

J'ai ri avant de passer mes bras autour de son blouson. Il m'a enlacée et a caressé les cheveux qui tombaient dans mon dos.

— Mais toi, a-t-il dit doucement, tu es dans une autre classe.

— Quoi? Un vingt? ai-je demandé.

— Déesse divine, non, a-t-il répondu.

— Trente-cinq? Quarante?

J'ai écarquillé les yeux, pleine d'espoir. Ça me rendait heureuse de blaguer avec Cal et de le taquiner. C'était si facile de l'aimer, d'être moi-même et d'aimer la personne que j'étais avec lui.

Il a souri lentement, me faisant perdre le souffle devant sa beauté.

— Non, chérie, m'a-t-il dit gentiment. Je pense que tu te rapproches davantage du quatre-vingt-dix ou du quatre-vingt-quinze.

Saisie, je l'ai fixé du regard avant de réaliser qu'il plaisantait.

— Oh, très drôle, ai-je fait en riant.

Je me suis soustraite à son étreinte pour enfiler mon propre manteau.

— Nous ne pouvons pas *tous* être des merveilles de la magye. Nous ne pouvons pas *tous* être…

— Tu es une étoile filante, m'a-t-il dit.

Son visage était sérieux, voire grave.

— Tu *es* une merveille de la magye. Un prodige. Tu pourrais avoir un succès foudroyant dans le monde de la Wicca.

Je l'ai regardé d'un air ébahi en tentant de saisir la portée de ses mots.

— De quoi parles-tu ?

— C'est pour ça que j'essaie de te montrer à y aller doucement, à ne pas presser les choses, m'a-t-il dit. Il y a une tornade en toi, mais tu dois apprendre à la contrôler. Comme dans le cas des outils de Maeve. J'aimerais que tu laisses ma mère te guider. Je crains que tu ne sois complètement dépassée par les choses parce que tu n'arrives pas à gagner une vision d'ensemble.

— Je ne comprends pas de quoi tu parles, lui ai-je dit, incertaine.

Il m'a souri à nouveau, et son humeur semblait plus légère. Il a déposé un baiser sur mes lèvres.

— Oh, il n'y a rien là, a-t-il lancé d'un ton sarcastique mais taquin. Je veux dire, tu possèdes un pouvoir qui ne survient qu'une fois par deux générations ; mais ne t'en fais pas.

Malgré ma confusion, Cal n'a pas voulu en parler davantage. À l'extérieur, il s'est concentré à jeter des sorts et des runes de protection sur Das Boot et sur ma maison.

Dès qu'il a eu terminé, il est rentré chez lui en me laissant derrière avec un trop grand nombre de questions.

Ce soir-là, après le dîner, mes parents ont accompagné Mary K. au récital de violon de son amie Jaycee. Après leur départ, prise d'un élan quelque peu mélodramatique, j'ai verrouillé toutes les portes. Puis, je suis montée à l'étage, j'ai pris les outils de Maeve et je me suis dirigée vers ma chambre.

Assise sur le plancher, j'ai examiné les outils à nouveau. Ils semblaient être à leur place dans mes mains, à l'aise, comme une prolongation de moi-même. Je me demandais ce que Cal avait voulu dire par le fait que je n'avais pas de vision d'ensemble. À mes yeux, la réalité était la suivante : ces outils avaient appartenu à ma grand-mère, puis à ma mère — à présent, ils étaient à moi. Tout le reste était secondaire.

Pourtant, j'étais persuadée que Selene pourrait m'en apprendre beaucoup à leur sujet. C'était une idée fascinante. Je me suis à nouveau demandé pourquoi Alyce m'avait incitée à les lier à moi aussi rapidement.

Avant de réaliser ce que je faisais, j'avais tracé la moitié d'un cercle. Surprise, j'ai levé les yeux pour apercevoir une craie dans ma main et un demi-cercle sur le sol. La robe en soie verte de ma mère, brodée de symboles magyques, d'étoiles et de runes, était drapée par-dessus mes vêtements. Une bougie brûlait dans le gobelet de feu, de l'encens s'échappait du gobelet de l'air et les deux autres gobelets contenaient de la terre et de l'eau. Le pentacle argenté de Cal était chaud contre ma gorge. Je ne l'avais pas retiré depuis que Cal me l'avait donné.

Les outils voulaient que je les utilise. Ils voulaient revenir à la vie après avoir dépéri — inutilisés et cachés — pendant si longtemps. Je ressentais la promesse de leur pouvoir. En m'exécutant rapidement, j'ai terminé de tracer le cercle. Puis, en tenant l'athamé, j'ai béni la Déesse et le Dieu, et je les ai invoqués.

Et quoi, maintenant?

Présages.

J'ai regardé la flamme de la chandelle en me concentrant et en relaxant à la fois. J'ai senti mes muscles se détendre, ma respiration ralentir, mes pensées déferler librement. Des mots sont venus à mon esprit, et je les ai prononcés à voix haute.

« Je sens la magye grandir et s'enfler.
Je visite la connaissance dans ses quartiers.
Je suis la seule que mes outils tolèrent
Pour rendre ma magye forte et fière. »

Puis, j'ai pensé : je suis prête à voir, et les choses ont commencé à bouger.

J'ai aperçu des rangées de livres anciens et j'ai su qu'ils contenaient des textes que je devais étudier. Je savais que des années de cercles se dressaient devant moi, des années à observer et à célébrer les cycles. Je me suis aperçue, courbée et en sanglots, et j'ai compris que la voie ne serait pas facile. Euphorique, j'ai affirmé : « Je suis prête à en voir davantage. »

Abruptement, ma vision a changé. J'ai aperçu une version plus âgée de moi, penchée sur une marmite, et je ressemblais à une sorcière des dessins animés pour enfants — les cheveux longs et effilés, la peau ravagée, les joues creuses, les doigts ressemblant à des griffes. C'était si horrible que j'ai failli rigoler sous la force de nervosité. Cette autre moi invoquait les esprits, entourée de pierres ruisselantes aux bouts pointus, comme si je me tenais dans une grotte près de la mer. À l'extérieur, des éclairs illuminaient le ciel et lézardaient de lumières les murs de la grotte, et mon visage était contorsionné par les efforts que me demandait la magye. La grotte était illuminée par le pouvoir — cette autre Morgan était grisée de pouvoir, et la scène me paraissait horrible, bizarre, effrayante et pourtant séduisante.

J'ai péniblement avalé ma salive et j'ai cligné des yeux plusieurs fois pour tenter de me sortir de cette torpeur. Je ne pouvais inspirer suffisamment d'air et j'étais vaguement consciente que j'avais la bouche ouverte béatement comme un poisson tentant d'oxygéner son cerveau. Lorsque j'ai à nouveau cligné des yeux, j'ai aperçu le soleil, et une autre Morgan plus âgée traversant un champ de blé, comme dans une de ces publicités de shampoing à l'eau de rose. J'étais enceinte. Il n'y avait aucun pouvoir dramatique autour de moi, aucune force invoquant les esprits — tout ce que je ressentais était un simple sentiment de paix et de calme.

Ma respiration était rapide à présent, et chaque fois que je fermais les yeux, ma vision alternait entre les deux images : les deux Morgan. J'ai pris conscience d'une douleur au plus profond de ma poitrine et de ma gorge, et soudain, je me suis sentie remplie de panique et hors de contrôle.

Je veux sortir de cela, ai-je pensé. Je veux sortir. Laissez-moi *sortir* !

D'une manière ou de l'autre, je suis parvenue à détacher mon regard de la flamme de la bougie, et alors, je me se retrouvée penchée vers l'avant, haletant sur le tapis, me sentant étourdie et malade. J'étais submergée par un flot de sensations, de souvenirs et de visions que je n'arrivais pas à interpréter ou à voir clairement, et soudain, j'ai su que j'allais vomir. Je me suis levée difficilement, j'ai brisé le cercle et j'ai titubé vers la salle de bain comme une personne ayant pris un verre de trop. J'ai retiré ma robe d'un mouvement brusque, je me suis glissée contre le mur couvert de céramique jusqu'à ce que je sois au-dessus de la toilette, et je me suis mise à vomir, pleurant pratiquement tellement je me sentais misérable.

Je ne pourrais dire combien de temps je suis restée là, sauf pour dire que ç'a été long, et enfin, j'ai éclaté en sanglots — des sanglots profonds et douloureux. Je suis demeurée assise jusqu'à ce que les sanglots cessent avant de me lever en chancelant, de tirer la chasse d'eau et d'avancer difficilement vers le lavabo. Éclabousser mon visage d'eau froide m'a apporté un certain réconfort. J'ai brossé mes dents et j'ai nettoyé mon visage à nouveau avant d'enfiler mon pyjama. Je me sentais faible et vidée, comme si j'avais une grippe.

Lorsque je suis revenue dans ma chambre, Dagda était assis au milieu de mon cercle brisé, regardant la bougie d'un air méditatif.

— Allô, garçon, ai-je murmuré avant de former une coupelle avec ma main et de souffler la chandelle.

De mes mains tremblantes, j'ai démonté mon installation, j'ai rangé les outils dans la boîte de métal et j'ai plié la robe de ma mère, qui me semblait maintenant vivante, pétillante d'énergie. L'air de ma chambre semblait chargé et malsain. J'ai ouvert grand une fenêtre, accueillant l'air glacial de moins cinq degrés Celsius.

J'ai passé l'aspirateur pour effacer mon cercle et j'ai replacé la boîte d'outils dans sa cachette, en jetant un sortilège de secret au système de chauffage, de ventilation et de conditionnement d'air. Peu après, la porte avant s'est ouverte, et j'ai entendu la voix de mes parents. Le téléphone a sonné au même moment. J'ai bondi vers l'appareil dans le couloir et j'ai soufflé :

— Allô. Je suis heureuse que tu m'appelles.

— Est-ce que ça va ? a demandé Cal. J'ai soudain ressenti une émotion bizarre à ton sujet.

Il ne serait probablement pas content de savoir que j'avais utilisé les outils de ma mère dans un cercle. Manque d'expérience, manque de connaissance, manque de supervision, etc.

— Je vais bien, lui ai-je dit en tentant de ralentir ma respiration.

Je me sentais beaucoup mieux, quoiqu'un peu bouleversée.

— Tu… tu me manques.

— Tu me manques aussi, a-t-il doucement dit. J'aimerais être avec toi durant la nuit.

Une brise fraîche provenant de ma chambre a provoqué un frisson vif.

— Ce serait merveilleux, lui ai-je répondu.

— Eh bien, il est tard, a-t-il dit. Dors bien. Pense à moi quand tu seras au lit.

J'ai senti sa voix vibrer dans mon ventre, et ma main a serré le combiné plus fort.

— Ne t'inquiète pas, ai-je murmuré alors que j'entendais le pas lourd de Mary K. dans l'escalier.

— Bonne nuit, mon amour.

— Bonne nuit.

8

Symboles

Septembre 2000

Je suis en Irlande. Je me suis rendu à la ville de Ballynigel, là où l'assemblée de Belwicket était autrefois installée. Elle a été anéantie aux environs de la fête d'Imbolc, en 1982, en même temps qu'une grande partie des habitants de la ville. Jusqu'à présent, il s'agit de la seule assemblée de Woodbane détruite par la vague sombre. Mais tout le monde sait que Belwicket a renoncé au mal au cours des années 1800 et qu'elle respecte les lois du Conseil supérieur depuis leur rédaction. Est-ce que l'anéantissement est lié à ceci? Lorsque je me tenais sur les lieux et que j'ai aperçu la terre fendue et les pierres carbonisées — tout ce qui reste —, mon cœur s'est serré.

Ce soir, je rencontre Jeremy Mertwick, membre du deuxième groupe du Conseil. Je lui ai envoyé une lettre chaque semaine pour changer la décision du Conseil. J'espère toujours leur faire entendre raison. Je suis fort et assuré, et ma souffrance m'a fait vieillir dans une proportion que le Conseil supérieur ignore.

— Giomanach

— Allez, c'est la dernière journée avant le congé, a lancé Mary K. pour m'amadouer, debout devant mon lit.

Elle agitait un Toaster Strudel chaud sous mon nez. Je me suis assise dans mon lit et j'ai flatté Dagda avant de marcher d'un pas chancelant vers la douche, mécontente.

— Cinq minutes, m'a avertie Mary K. Viens, petit chat. Tatie Mary K. va te nourrir, l'ai-je entendue dire.

Sa voix a décliné quand le jet chaud de la douche s'est mis à piquer ma peau, me donnant l'impression de redevenir à moitié humaine.

Au rez-de-chaussée, ma sœur m'a tendu un Coke diète.

— Robbie a téléphoné. Sa voiture ne démarre pas. Il faut le prendre en chemin.

Nous sommes sorties et avons fait un détour par la maison de Robbie. Il nous attendait devant, appuyé contre sa Volkswagen rouge.

— Ta batterie t'a encore une fois lâché? ai-je demandé en guise de salutation alors qu'il grimpait sur le siège arrière de Das Boot.

Il a hoché la tête d'un air abattu.

— Encore une fois.

Le trajet vers l'école s'est fait dans un silence complice.

À l'école, Bakker attendait Mary K. comme d'habitude.

— Amour de jeunesse, a lancé sèchement Robbie en les regardant se minoucher.

— Pouah, ai-je dit en éteignant le moteur.

— Merci de m'avoir conduit, m'a dit Robbie.

Quelque chose dans sa voix m'a amenée à me retourner pour le regarder.

— Alors j'ai embrassé Bree lundi, a-t-il dit.

Je me suis calée dans mon siège, retirant ma main de la poignée de la portière.

J'avais été tellement prise dans ma propre misère que j'avais oublié de demander à Robbie comment ça s'était passé avec Bree.

— Wow, lui ai-je dit en examinant son visage. Je me demandais ce qui était arrivé. Je, euh, l'ai aperçue avec Chip hier.

Robbie a hoché la tête avant de survoler le terrain de l'école des yeux à travers la vitre de la voiture. Comme il ne disait rien, je l'ai poussé à parler :

— Et puis ?

Il a haussé ses épaules larges qui ont remué dans son parka acheté aux surplus de l'armée. Puis, il a poussé un rire bref.

— Elle m'a laissé l'embrasser. Ça m'a renversé. Elle s'est contentée de rire, et ça semblait lui plaire, alors j'ai pensé : « C'est *super* ». J'ai repris mon souffle et lui ai dit que je l'aimais.

Il a interrompu son récit.

— *Et ?* ai-je pratiquement crié.

— *Ça*, ça ne lui plaisait pas. Elle m'a laissé tomber comme un caillou. Elle m'a pratiquement jeté à la porte.

Il s'est frotté le front comme s'il avait un mal de tête. Silencieusement, je lui ai offert mon soda. Il en a vidé le contenu avant d'essuyer sa bouche du revers de la main.

— Hummm, ai-je émis.

J'avais perdu ma confiance en Bree. Autrefois, elle aurait pu faire la même chose à Robbie, mais à présent, je ne pouvais faire autrement que de me demander jusqu'à quel point sa participation à Kithic affectait ses gestes.

— Ouais. Hummm.

— Mais l'embrasser, c'était bien? ai-je demandé.

— Fabuleux. C'était chaud, chaud, chaud.

Il ne pouvait s'empêcher d'afficher un grand sourire à ce souvenir.

— OK. Je n'ai pas besoin d'en savoir plus, ai-je lâché rapidement.

J'ai pris une minute pour réfléchir. Bree était-elle capable d'utiliser Robbie pour un quelconque sombre motif, ou se contentait-elle de jouer avec lui comme elle avait l'habitude de le faire? Je l'ignorais, mais j'ai décidé de courir le risque.

— Eh bien, mon conseil serait, ai-je commencé, de te contenter de l'embrasser.

Ne lui parle pas de tes sentiments. Pas tout de suite, en tout cas.

Il a froncé les sourcils. À l'extérieur de la voiture, nous avons aperçu Cal marcher vers nous dans les talles de neige restantes — son souffle ressemblait à celui d'un dragon. Comme d'habitude, il me suffisait de le voir pour sentir mon cœur se renverser.

— Hé, je *l'aime*. Je ne veux pas l'utiliser comme ça.

— Non. Ce que j'essaie de dire est de *la* laisser *t'*utiliser.

— Comme si j'étais son jouet ?

Il paraissait outré, mais j'ai vu une pointe d'intérêt se dessiner sur son visage.

— Comme une personne pouvant la sidérer, lui ai-je expliqué. Une personne qui lui donne ce que ni Chip Newton ni aucun autre gars ne peuvent lui donner.

Robbie m'a fixée du regard.

— Tu es *impitoyable*.

J'ai décelé de l'admiration dans sa voix.

— Je souhaite ton bonheur, ai-je répondu fermement.

— Je pense que dans ton for intérieur, tu *lui* souhaites d'être heureuse aussi, a lancé Robbie en dépliant son long corps du siège arrière. Hé, Cal, a-t-il poussé avant que je puisse répondre à sa remarque.

Cal s'est penché vers la portière ouverte.

— Tu sors bientôt ?

Je l'ai regardé.

— Que dirais-tu de grimper à bord ? Et roulons jusqu'à ce que le réservoir soit à sec, ai-je proposé en jetant un coup d'œil à l'indicateur du niveau d'essence. Mon réservoir est plein.

Je ne plaisantais qu'à moitié.

Lorsque j'ai levé les yeux, son regard m'a prise par surprise.

— Ne me tente pas, a-t-il dit d'une voix rauque.

Pendant un long moment, je suis demeurée là, suspendue dans le temps, clouée par son regard féroce rempli de désir. Je me suis rappelée comment je m'étais sentie quand nous nous étions embrassés, touchés sur son lit, et j'ai frissonné.

— Hé, Cal, a fait Ethan du trottoir, nous saluant de la main avant de pénétrer dans l'immeuble.

Cal a soupiré.

— Je suppose qu'il faut y aller.

J'ai hoché la tête, car je ne pensais pas être en mesure de parler.

Cal et moi avons rejoint les autres membres de Cirrus en haut de l'escalier du sous-sol.

— Quel temps rude, a dit Jenna alors que nous arrivions.

Elle a serré son pull Nordic contre son corps, ce qui lui donnait un air éthéré. Je me demandais comment son asthme allait dernièrement, et si je pouvais utiliser mes outils pour améliorer sa respiration.

— L'hiver n'est pas officiellement commencé. C'est le troisième automne le plus froid selon les statistiques, s'est plainte Sharon en se pelotonnant plus près d'Ethan qui, lui, semblait apprécier le froid.

En camouflant un sourire, je me suis laissée tomber sur une marche, et Cal a pris place près de moi en serrant ma main dans la sienne.

— Oh, ç'a l'air douillet, a lancé la voix de Raven.

Sa chevelure foncée a fait son apparition en haut de l'escalier, suivie d'une autre — celle de Matt. Il s'est assis sur une marche, son visage transpirant la culpabilité, pendant qu'elle se tenait devant nous en souriant. La méchante sorcière du nord-est.

— Salut, Raven, lui a dit Cal pendant qu'elle le regardait de la tête aux pieds de ses yeux noirs brillants.

— Allô, Cal, a-t-elle prononcé d'une voix traînante. Réunion d'assemblée?

Elle n'a pas pris pas la peine de baisser la voix, et certains étudiants qui passaient près de là ont sursauté et ont levé les yeux. Et c'était là la personne que Bree avait choisie en guise de nouvelle meilleure amie.

— Comment se porte *ton* assemblée? me suis-je entendue demander. Tout va bien avec Sky?

Les yeux de Raven se sont concentrés sur moi. L'anneau en argent de son nez brillait, un rouge à lèvres pourpre riche recouvrait ses lèvres pulpeuses, et j'ai été frappée par sa présence : elle était bizarre et voluptueuse, ridicule et fascinante à la fois.

— Ne parle pas de Sky, m'a intimée Raven. Elle est une meilleure sorcière que tu ne pourras jamais l'être. Tu n'as aucune idée à qui tu te mesures.

Elle a glissé deux doigts le long de la douce joue de Matt — qui a sourcillé sous ce toucher — avant de tourner les talons.

— Eh bien, c'était plaisant, a lancé Robbie après son départ.

— Matt, pourquoi ne te joins-tu pas à Kithic ? a demandé brusquement Jenna, la mâchoire serrée.

Matt a froncé les sourcils sans lever les yeux.

— Ça ne m'intéresse pas, a-t-il marmonné.

— OK, il ne nous reste qu'une minute, a dit Cal en revenant aux choses sérieuses. Nous avons un cercle prévu samedi, notre premier en deux semaines, et j'ai un devoir pour vous.

— Désolée, Cal, mais je ne serai pas en ville, a dit Sharon.

— Ça va, a-t-il fait. Je sais que tu as des plans avec ta famille. Fais ces exercices seule et tu nous en parleras la prochaine fois que nous nous verrons. OK. Une des bases de la Wicca est la connaissance de soi. Un de mes professeurs m'a déjà dit : « Connais-toi toi-même et tu connaîtras l'Univers entier. » C'était peut-être un peu exagéré, mais il y a un fond de vérité.

Jenna et Sharon ont hoché la tête, et j'ai remarqué qu'Ethan donnait un léger massage aux épaules de Sharon.

— Je souhaite que vous travailliez sur votre image de soi, a poursuivi Cal. Vous devez trouver vos correspondances personnelles, vos propres… comment dire ? Vos *aides* ou vos *connecteurs* sont les termes approximatifs. Ce sont les choses qui vous parlent, qui sont vous, qui réveillent quelque chose en vous. Des objets ou des symboles qui renforcent votre lien avec votre magye.

— Je ne te suis pas, a dit Robbie.

— Désolé. Laisse-moi te donner des exemples. Des choses comme des pierres, les quatre éléments, des fleurs, des animaux, des herbes, des saisons, des aliments, a énuméré Cal en les comptant sur ses doigts. Ma pierre est l'œil-de-tigre. Je l'utilise souvent lors des rituels. Mon élément est le feu. Mon métal est l'or. Ma rune personnelle est… un secret. Ma saison est l'automne. Mon signe est Gémeaux. Mon tissu est le lin.

— Et la voiture de ton choix est une Ford, a lancé Robbie.

Cal a ri.

— Exact. Non, sérieusement. Pensez surtout aux éléments, aux étoiles, aux pierres, aux saisons et aux plantes. Définissez qui vous êtes, sans vous limiter. Ne forcez rien. Si rien ne vous parle, ne vous inquiétez pas. Poursuivez votre démarche. Mais explorez vos liens avec les choses terrestres ou autres.

Cal a jeté un regard à la ronde.

— Des questions ?

— C'est tellement cool, s'est exclamée Sharon.

— Je connais déjà tes correspondances, lui a dit Ethan. Ton métal est l'or, ta pierre est le diamant, ta saison est le solde d'Après-Noël et... aïe! a-t-il poussé quand Sharon l'a vivement frappé sur la tête.

Il a éclaté de rire et a levé les mains pour se défendre.

— Très drôle! a lancé Sharon en réprimant un sourire. Et ton élément est la *boue* et ton métal est le *plomb* et ta plante est la *marijuana*.

— Je ne fume plus maintenant! a protesté Ethan.

Nous avons tous éclaté de rire, et je me suis sentie presque le cœur léger, ce qui ne m'était pas arrivé depuis que Hunter...

La première clocha a retenti, et soudain, les couloirs se sont remplis d'étudiants filant vers leur classe. Nous avons ramassé nos affaires pour partir chacun de notre côté. Et je me suis demandé pendant combien de temps je pourrais supporter cette ombre intérieure.

* * *

Lorsque la cloche a sonné la pause-repas, j'ai attendu Cal et Mary K. à l'entrée est. Il s'était remis à neiger. J'ai entendu des pas derrière moi, et je me suis retournée pour apercevoir Raven et Bree qui se dirigeaient vers la porte à deux battants. Le visage de Bree s'est durci quand elle m'a vue.

— Alors, que faites-vous pour l'Action de grâce, les filles ?

J'ai cligné les yeux de surprise à mesure que les mots s'échappaient de ma bouche. Deux paires d'yeux noirs se sont fixées sur moi comme si je brillais tel un néon.

— Hum, eh bien, a fait Raven, je suppose que je célébrerai une journée d'émerveillement et de remerciement dans les bras de ma famille aimante. Et toi ?

Comme je savais que sa famille aimante consistait en une mère qui avait trop de petits amis et en un grand frère enrôlé dans l'armée, j'ai supposé qu'elle n'avait pas de plan.

J'ai haussé les épaules.

— La famille. Une dinde. Une tarte à la citrouille plus ou moins réussie. Empêcher mon chat de grimper sur la table à manger.

— Tu as un chat ? a demandé Bree, incapable de s'en empêcher.

Elle avait un gros faible pour les chats.

J'ai hoché la tête.

— Un chaton gris. Il est incroyablement adorable. Plein de malice. Malicieux et adorable.

— Cette discussion est charmante, a soupiré Raven alors que Bree entrouvrait les lèvres pour parler, mais nous devons y aller. Des choses à faire, des gens à voir.

— Sky ? ai-je demandé.

— Pas de tes affaires, a répondu Raven avec un sourire narquois.

Bree est demeurée silencieuse, et elles ont descendu l'escalier en martelant les marches de leurs bottes assorties.

Une seconde plus tard, Mary K. a accouru vers moi pour me dire qu'elle se rendait chez Jaycee et que maman lui avait donné son accord. Puis, Cal est arrivé pour me demander si je voulais aller chez lui, et bien sûr que oui. J'ai téléphoné au garage Unser pour annuler le rendez-vous pour la réparation de Das Boot avant de suivre Cal chez lui, où nous pourrions être seuls.

La chambre de Cal était merveilleuse. Elle occupait toute la longueur et toute la largeur de sa grande maison puisqu'elle était au grenier. Six lucarnes créaient des recoins douillets, des bibliothèques longeaient les murs, et il avait son propre foyer de même qu'un escalier extérieur menant à la terrasse arrière. Son lit était large et d'aspect romantique avec ses draps blancs et son moustiquaire de gaze suspendu. Une rangée de bougies de couleur crème était alignée sur le bord de son bureau au bois foncé sur lequel il faisait ses devoirs. Je n'avais jamais pu passer une seconde dans sa chambre sans lui envier cet espace magyque.

— Tu veux un thé ? a-t-il demandé en agitant la main vers la bouilloire électrique.

J'ai hoché la tête, et nous nous sommes tus, profitant du silence et de la sécurité que nous offrait cette pièce.

Deux minutes plus tard, Cal a placé une tasse de thé dans ma main, et j'ai laissé mon corps s'habituer à sa température avant de prendre une gorgée.

— Humm.

Cal s'est détourné pour se tenir devant une fenêtre.

— Morgan, m'a-t-il dit, pardonne-moi.

— À quel sujet? ai-je demandé en haussant les sourcils.

— Je t'ai menti, a-t-il fait doucement.

Mon cœur s'est serré, pris de panique.

— Oh?

J'étais étonnée par le calme dans ma voix.

— À propos de mon clan.

Les mots n'avaient pratiquement aucune résonance.

Mon cœur a cessé de battre, et j'ai fixé mon regard sur lui. Il s'est tourné vers moi, ses magnifiques yeux dorés reflétant la promesse de l'amour, de la passion, d'un avenir partagé. Et pourtant, ses mots...

Il a pris une gorgée de thé. La pâle lumière provenant de la fenêtre exposait la surface de ses pommettes, la ligne de sa mâchoire. J'ai attendu, et il s'est approché de moi, si bien que sa chemise effleurait pratiquement mon chemisier et que je pouvais voir le grain fin de sa peau.

Cal s'est retourné vers la fenêtre et a glissé ses doigts dans ses cheveux pour les relever de sa tempe gauche. J'ai aperçu brièvement une tache de vin, sous ses cheveux. J'ai levé la main pour tracer le contour de la tache du bout des doigts. Il s'agissait d'un athamé rouge foncé, comme celui que j'avais sur mon aisselle. La marque du clan Woodbane.

— Hunter avait raison, a poursuivi Cal d'une voix basse. Je suis un Woodbane. Et je l'ai toujours su.

Je devais m'asseoir. J'avais été tellement bouleversée quand j'avais appris quel était mon héritage, et Cal m'avait dit que ce n'était pas si terrible. À présent, je comprenais pourquoi. J'ai déposé mon thé et j'ai traversé la pièce vers le futon. Je me suis

effondrée sur le futon, et Cal s'est age-
nouillé à mes côtés.

— Mon père était un Woodbane, ma
mère aussi, m'a-t-il dit.

Il n'avait jamais eu l'air aussi mal à l'aise
en ma présence.

— Ce ne sont pas des Woodbane
comme ceux de Belwicket, dont tous les
membres avaient renoncé au mal et promis
de faire le bien.

Il a haussé les épaules sans me regarder.

— Il existe un autre type de Woodbane,
qui exerce la magye de façon tradition-
nelle — je veux dire traditionnellement
pour leur clan. Dans le cas des Woodbane,
cela signifie ne pas être trop difficile sur la
façon dont tu acquières tes connaissances et
dont tu utilises ton pouvoir. Les Woodbane
traditionnels ne souscrivent pas au décret
du Conseil supérieur à savoir que les sorcières ne devraient jamais interférer auprès
des humains. Selon eux, les humains inter-
fèrent auprès de nous, nous vivons tous
dans le même monde, et non pas dans
des univers distincts. Par conséquent, ils

utiliseront leurs pouvoirs pour régler des problèmes qu'ils peuvent avoir avec d'autres humains, pour se protéger ou pour obtenir ce qu'ils veulent…

Je n'arrivais pas à détacher mon regard de son visage.

— Après le mariage de mon père et de ma mère, je pense qu'ils ont emprunté des voies différentes, du point de vue de la magye, a poursuivi Cal. Maman a toujours été puissante et ambitieuse, et je pense que mon père était en désaccord avec certaines des choses qu'elle faisait.

— Comme quoi ? ai-je demandé, un peu secouée.

Il a agité la main d'un air impatient.

— Tu sais, prendre trop de risques. De toute façon, papa a alors rencontré Fiona, sa deuxième femme. Fiona était une Wyndenkell. Je ne sais pas s'il souhaitait une alliance avec une Wyndenkell ou s'il l'aimait davantage. Quoi qu'il en soit, il a quitté ma mère.

J'obtenais enfin des réponses.

— Mais si Hunter avait raison, et que ton père était aussi le *sien*, n'était-il pas à demi Woodbane lui-même ?

Tout ça me faisait penser à un mauvais feuilleton. *Les feux de la Wicca.*

— C'est cela, a dit Cal. Bien sûr que oui. Alors ce n'était pas logique de sa part de persécuter les Woodbane. Mais il semblait avoir une dent contre eux, comme maman a dit. Une obsession. Je me demande s'il blâmait mon père — notre père — pour ce qui était arrivé à ses parents et à leur cercle, et voilà pourquoi il en voulait à tous les Woodbane. Qui sait ? Il n'était pas stable.

— Alors, tu es un Woodbane, ai-je affirmé, en tentant d'absorber le coup.

— Oui, a-t-il admis.

— Pourquoi ne me l'as-tu pas dit avant ? Être Woodbane me rendait *hystérique.*

— Je sais, a-t-il dit en soupirant. J'aurais dû te le dire. Mais le cercle de Belwicket était différent du reste des Woodbane — l'approche de ses membres était juste, complètement irréprochable. Je n'étais pas certain que tu comprendrais l'héritage de ma famille. Je veux dire, ce n'est pas comme s'ils sont tous maléfiques. Ils ne vouent pas un culte aux démons ou quelque chose comme ça. C'est simplement que… Ils font ce qu'ils veulent. Ils ne suivent pas toujours les règles.

— Pourquoi me dis-tu cela maintenant?

Il m'a enfin regardée à ce moment-là, et j'ai ressenti la force d'attraction de son regard.

— Parce que je t'aime. Je te fais confiance. Je ne veux pas qu'il y ait de secrets entre nous. Et…

La porte de sa chambre s'est soudainement ouverte, et j'ai bondi d'au moins trente centimètres dans les airs. Selene se tenait dans l'embrasure, vêtue magnifiquement d'un pull jaune cuivré et d'un pantalon de tweed.

Cal s'est levé avec une grâce rapide.

— Mais qu'est-ce que tu fous?

Je n'avais jamais entendu quiconque s'adresser à sa mère de cette façon. J'en ai frémi.

— Qu'est-ce que *tu* fais ? a-t-elle rétorqué. Je sentais... De quoi parlais-tu ?

— Pas de tes affaires, a-t-il dit.

La surprise a illuminé les yeux de Selene.

— Nous avons déjà parlé de ça, a-t-elle affirmé tout bas.

— Maman, sors d'ici, a lancé Cal d'un ton impassible.

J'étais embarrassée et confuse et inquiète aussi : la dernière chose que je voulais était de me trouver entre ces deux-là pendant une dispute.

— Comment... comment savais-tu qu'il me disait quelque chose ? me suis-je risquée à demander.

— Je l'ai senti, a fait Selene. J'ai senti qu'il prononçait le nom de Woodbane.

Très intéressant. De quoi donner la chair de poule, mais tout de même intéressant.

— Oui, vous êtes des Woodbane, ai-je dit en me levant. Je suis une Woodbane aussi. Existe-t-il une raison pour laquelle je ne devrais pas connaître votre clan ?

— Maman, j'ai confiance en Morgan, et tu dois me faire confiance, a dit Cal d'une voix qui était à peine un filet. Vas-tu retourner au travail et nous laisser seuls, ou dois-je jeter un sort pour barricader la porte?

Un sourire s'est dessiné involontairement sur mes lèvres, et une seconde plus tard, la tension a disparu du visage de Selene. Elle a poussé un souffle.

— Bravo. Menace ta mère, a-t-elle fait d'un ton acerbe.

— Hé, je ferai en sorte que tu ne retrouves jamais ton chemin jusqu'ici, a dit Cal, les mains posées sur les hanches.

Il souriait à présent, mais j'avais l'impression qu'il ne plaisantait pas complètement. Je me suis imaginé Selene entrant dans la chambre alors que Cal et moi nous roulions sur son lit et je me suis secrètement dit que de jeter un sort à la porte n'était peut-être pas une mauvaise idée.

— Pardonne-moi, a finalement lâché Selene. Je suis désolée. C'est seulement… Les Woodbane ont une réputation si terrible. Nous sommes habitués de protéger férocement notre vie privée. L'espace d'un instant, j'ai oublié à qui Cal parlait, et à quel point tu es une personne extraordinaire et digne de confiance. Je suis désolée.

— Ça va, ai-je dit.

Selene s'est retournée pour quitter la pièce.

Rapidement, Cal a filé vers la porte pour enclencher le verrou derrière elle. Puis, avec ses doigts, il a dessiné plusieurs *sigils* et runes sur le cadre de la porte en marmonnant des paroles.

— OK, a-t-il dit. Ceci la gardera à l'extérieur.

J'ai souri en entendant son ton plein de suffisance.

— Tu es certain?

En guise de réponse, il m'a jeté un regard qui m'a fait perdre le souffle. Lorsqu'il m'a tendu la main, je me suis dirigée immédiatement vers lui, et nous sommes tombés sur son lit blanc, l'édredon se gonflant de façon douillette sous nous. Pendant un long moment, nous nous sommes embrassés et enlacés, et je savais que je me sentais encore plus près de lui qu'avant. Chaque fois que nous étions seuls, nous repoussions un peu plus les limites, et ce jour-là, j'avais besoin de me sentir près de lui, d'être réconfortée par son contact. Agitée, j'ai glissé mes mains sous sa chemise, contre sa peau lisse.

Je ne portais jamais de soutien-gorge — je n'en avais résolument pas besoin — et lorsque ses mains se sont glissées sous mon chemisier pour trouver infailliblement leur voie vers mes seins, j'ai failli pousser un cri. Une partie de mon esprit espérait que le sort jeté sur sa porte était vraiment à toute épreuve pendant que l'autre se transformait en tapioca.

Je l'ai tiré plus près de moi, ressentant son désir, entendant sa respiration s'emballer dans mon oreille, étonnée de tout l'amour que j'avais pour lui.

Cette fois, c'est Cal qui a ralenti graduellement, qui a apaisé la férocité de ses baisers, qui a calmé sa respiration et la mienne. Apparemment, ce jour-là ne serait pas le grand jour non plus. J'étais à la fois soulagée et déçue.

Lorsque notre respiration a plus ou moins retrouvé un rythme normal, il a repoussé les cheveux qui me couvraient le visage et m'a dit :

— Je dois te montrer quelque chose.

— Hein ? ai-je fait.

Mais il s'était déjà levé du lit et était occupé à lisser ses vêtements.

Puis, il m'a tendu la main.

— Viens, a-t-il dit.

Et je l'ai suivi sans poser de question.

9

Secrets

C'est étrange d'être le fils d'une sorcière célèbre. Tout le monde vous regarde, à partir du moment où vous apprenez à parler et à marcher, à la recherche de signes de génie ou de médiocrité. Vous êtes toujours sous les projecteurs.

Maman m'a élevé comme elle jugeait bon de le faire. Elle a des plans pour moi, pour mon avenir. Je n'en ai jamais vraiment parlé avec elle ; je l'ai seulement écoutée m'en parler. Jusqu'à tout récemment, il ne m'était jamais venu à l'esprit d'être en désaccord. C'est flatteur qu'une personne vous prépare pour la grandeur, et soit persuadée que vous avez la capacité de réussir.

Pourtant, depuis que mon amour s'est pointée dans ma vie, je vois les choses différemment. Elle questionne les choses, elle se défend. Elle est naïve et forte à la fois. Elle me fait désirer des choses que je n'ai jamais désirées.

Je me souviens quand nous étions en Californie — j'avais seize ans. Maman avait créé une assemblée de sorcières. C'était la même illusion que d'habitude : maman utilisait les pouvoirs du cercle comme un élan d'énergie afin de ne pas épuiser ses forces. Mais à notre surprise, maman a découvert une sorcière très puissante — une femme d'environ vingt-cinq ans, qui ne connaissait rien de sa lignée. Durant les cercles, elle nous sidérait. Alors maman m'a demandé de me rapprocher d'elle, ce que j'ai fait — ç'a été d'une facilité étonnante. Puis, maman l'a anéantie durant le rite de Dubh Siol. Cela m'a bouleversé, même si je savais que cela pouvait arriver.

Cela n'arrivera pas cette fois-ci. Je vais m'en assurer.

— Sgàth

Alors que Cal me guidait dans les marches menant à la terrasse arrière, les derniers flocons de neige ont effleuré mon visage et ont atterri dans mes cheveux. Je tenais fermement la rampe en fer, car les marches de métal étaient glissantes en raison de la neige et de la glace.

Cal m'a tendu la main au bas de l'escalier. La neige a craqué sous mes pieds, et il m'a guidée d'un bout à l'autre de la terrasse en pierres. Nous avions tous deux froids. Nos manteaux se trouvaient dans l'entrée au rez-de-chaussée : nous n'étions pas allés les chercher.

J'ai réalisé que nous nous dirigions vers la piscine.

— Oh mon Dieu : j'espère que tu ne penses pas à une baignade à poil! ai-je lancé d'un ton badin.

Cal a éclaté de rire en rejetant sa tête vers l'arrière en me guidant au-delà de la grande piscine.

— Non, elle est fermée pour l'hiver, sous cette neige. Mais bien sûr, si tu es volontaire…

— Non, ai-je rapidement répondu.

J'avais été la seule à ne pas participer à une baignade en groupe lors de la deuxième rencontre de notre assemblée de sorcières.

Il a ri à nouveau, et nous sommes parvenus au petit bâtiment qui servait de pavillon de piscine. Construit pour ressembler à une version miniature de la maison principale, ses murs en pierres étaient couverts d'un lierre grimpant, maintenant brun en raison de l'hiver.

Cal a ouvert la porte, et nous avons pénétré dans l'un des petits vestiaires. Il était décoré de façon luxueuse et doté de crochets dorés, de peignoirs en tissu éponge et de miroirs pleine grandeur.

— Que faisons-nous ici ?

J'ai regardé mon visage pâle dans un miroir et j'ai fait une grimace.

— Sois patiente, m'a taquiné Cal en ouvrant une deuxième porte menant à une salle de bain munie d'une douche et d'un présentoir de serviettes blanches duveteuses.

J'étais vraiment confuse à présent.

Cal a extirpé un porte-clés de sa poche, a choisi une clé et a déverrouillé un petit placard. La porte s'est ouverte pour révéler des tablettes peu profondes portant des articles de toilette et des produits de nettoyage.

Cal s'est reculé et a balayé doucement le cadre de la porte de ses mains, et j'ai aperçu la faible lueur de *sigils* traçant un périmètre. Il a marmonné quelques mots que je ne comprenais pas, et les tablettes se sont balancées vers l'intérieur pour révéler une ouverture d'une hauteur d'environ un mètre cinquante et d'une largeur d'environ soixante centimètres. Une autre pièce était dissimulée derrière.

J'ai haussé les sourcils.

— Vous avez vraiment un attachement pour les pièces cachées dans la famille, ai-je dit en pensant à la bibliothèque dissimulée de sa mère, située dans la maison principale.

Cal m'a adressé un grand sourire.

— Bien sûr. Nous sommes des sorcières, a-t-il dit en se penchant pour passer la porte.

J'ai passé la porte à mon tour, puis je me suis dépliée lentement de l'autre côté.

Cal se tenait de l'autre côté avec une impatience contenue.

— Aide-moi à allumer des bougies, m'a-t-il dit, afin que tu puisses mieux voir.

J'ai survolé la pièce du regard, ma vision magyque s'ajustant immédiatement à l'obscurité, et j'ai découvert une très petite pièce d'un peu plus de deux mètres par deux mètres. Elle était munie d'une seule minuscule fenêtre à carreaux sertis de plomb, située au haut d'un mur, près du plafond étonnamment haut.

Cal s'est mis à allumer des bougies. J'allais lui dire que ce n'était pas nécessaire, que je pouvais très bien voir, mais j'ai alors réalisé qu'il cherchait à créer un effet. J'ai jeté un coup d'œil à la ronde, et mon regard s'est arrêté sur la mèche brûlée d'une large bougie cylindrique de couleur crème. J'ai besoin de feu, ai-je songé, avant de cligner des yeux et de voir la mèche s'enflammer.

La bougie me fascinait, et je me suis penchée vers elle, perdue dans le temps, fixant la flamme triangulaire oscillant de manière séduisante sur la mèche. J'ai vu la mèche se flétrir et se recourber à mesure que la chaleur intense poussait les fibres à se contracter et à noircir, et j'ai entendu le feu victorieux rugir alors qu'il consommait la mèche et se dressait vers le ciel avec extase. J'ai senti la cire ramollir en dessous alors qu'elle soupirait et capitulait, fondant et coulant sous forme de liquide.

Les yeux brillants, j'ai regardé Cal qui me fixait d'un regard presque alarmé. J'ai avalé ma salive en me demandant si j'avais fait un autre de mes faux pas dans le monde de la Wicca.

— Le feu, ai-je murmuré sans conviction en guise d'explication. C'est joli.

— Allumes-en une autre, m'a-t-il ordonné.

Je me suis tournée vers une autre bougie, j'ai pensé au feu, et une étincelle de vie invisible a bondi de moi vers la mèche, où elle s'est enflammée. Il n'avait pas à m'encourager à en allumer d'autres. Une à une, j'ai allumé les bougies qui longeaient les murs, recouvrant les tablettes de petites bibliothèques, piquées dans des bouteilles de vin et retenues à des assiettes recouvertes de couches épaisses de vieille cire.

La pièce brillait à présent sous les centaines de petites flammes qui illuminaient notre peau, nos cheveux, nos yeux. Au milieu du plancher se trouvait un simple futon couvert d'un tapis oriental mince et doux. Je me suis assise sur le futon, j'ai enroulé mes bras autour de mes genoux et j'ai survolé la pièce du regard. Cal a pris place à mes côtés.

— Alors, nous sommes dans ton pavillon secret? ai-je demandé.

Il a ri en passant son bras autour de mes épaules.

— En quelque sorte, a-t-il admis. C'est mon sanctuaire.

À présent que je n'étais plus occupée à allumer des bougies, j'avais le temps d'être stupéfaite par le décor. Chaque centimètre des murs et du plafond était peint de symboles magyques — je n'en reconnaissais que quelques-uns. J'ai froncé les sourcils, tentant de déchiffrer les runes et les signes de pouvoir.

Mon cerveau de mathématicienne s'est mis à rouler : Cal et Selene avaient emménagés ici avant la rentrée scolaire, soit au début de septembre. Nous étions presque à la fin de novembre, ce qui donnait moins de trois mois. Je me suis tournée vers lui.

— Comment as-tu réussi à faire tout ça en trois mois ?

Il a émis un rire bref.

— Trois mois ? J'ai fait tout ça en trois semaines, avant la rentrée. J'y ai consacré beaucoup de soirées.

— Que fais-tu ici ?

Il m'a adressé un sourire.

— De la magye, a-t-il dit.

— Pourquoi n'utilises-tu pas ta chambre ?

— La maison est remplie des vibrations de ma mère, sans oublier de celles des membres de son assemblée. Ma chambre suffit pour la plupart des opérations : c'est un bon endroit pour nos cercles. Mais pour mes trucs à moi, des sortilèges sensibles ou ceux qui nécessitent beaucoup d'énergie, je viens ici.

Il a parcouru la pièce du regard, et je me suis demandé s'il se remémorait toutes les chaudes soirées d'été qu'il avait passées ici, à peindre, à faire de la magye, à faire vibrer les murs avec son énergie. Des bols remplis d'encens brûlé étaient posés sur le sol et dans les bibliothèques, et les livres de magye alignés derrière les bols étaient noircis et fanés, et paraissaient infiniment anciens. Dans un coin se dressait un autel, fait d'un morceau de marbre poli aussi gros qu'une valise. Il était drapé d'une étoffe de velours pourpre, et il soutenait des bougies, des bols d'encens, l'athamé de Cal, un vase d'orchidées araignées de serre et une croix celtique.

— Voilà ce que je voulais te montrer, a-t-il dit doucement, son bras réchauffant mon dos. Je n'ai jamais montré cette pièce à personne, mais ma mère connaît son existence. Je ne laisserais jamais les autres membres de Cirrus voir cette pièce. C'est trop personnel.

Mes yeux ont survolé l'écriture dense, devinant une rune ici et là. Je n'ai aucune idée combien de temps nous sommes restés assis là, mais j'ai constaté que je transpirais. La pièce était si petite que la chaleur émanant des bougies était suffisante pour la rendre trop chaude. Je réalisais aussi que les bougies brûlaient de l'oxygène, et mon côté pratique s'est mis à la recherche d'un évent. Je ne pouvais pas en voir un, mais ça ne voulait rien dire. La pièce était si chaotique qu'il était difficile de se concentrer sur quoi que ce soit.

J'ai réalisé, à ma surprise, que je ne serais pas à l'aise de faire de la magye dans cette pièce. Elle commençait à paraître trop oppressante, agitée, comme si tous mes nerfs étaient agacés au même moment. J'ai remarqué que ma respiration s'affolait.

— Tu es mon âme sœur, a murmuré Cal. Tu es la seule qui pourrait supporter d'être ici. Un de ces jours, nous ferons de la magye ici, ensemble. Nous surprendrons tout le monde.

Je ne savais pas quoi penser de ça. J'ai commencé à me sentir résolument mal à l'aise.

— Je pense que je devrais rentrer, lui ai-je dit en dépliant les jambes. Je ne veux pas être en retard.

Je savais que c'était une piètre excuse et je pouvais sentir Cal se replier légèrement sur lui-même. Je me sentais coupable de ne pas partager son enthousiasme. Mais je devais réellement sortir de cette pièce.

— Bien sûr, a affirmé Cal en se levant et en m'aidant à me lever.

Nous avons soufflé les bougies une par une, et je pouvais entendre des gouttes minuscules de cire fondue éclabousser les murs. À mesure que les bougies s'éteignaient, la pièce s'obscurcissait et, même si je pouvais voir parfaitement dans le noir, lorsque la pièce a été plongée dans l'obscurité, elle est devenue insupportable, son poids était oppressant.

De façon abrupte, sans attendre Cal, je suis passée par la petite porte en me penchant pour éviter de me cogner la tête. J'ai continué de marcher jusqu'à ce que je me trouve à l'extérieur, dans l'air merveilleusement froid. J'ai inspiré plusieurs fois et j'ai senti mon esprit s'éclaircir à mesure que mon souffle s'exhalait comme de la fumée.

Cal m'a suivie un instant plus tard et a refermé la porte du pavillon derrière moi.

— Merci de m'avoir montré ta pièce, lui ai-je dit d'un ton contraint et poli.

Il m'a guidée vers la maison. Mes nerfs étaient à vif quand j'ai récupéré mon manteau dans l'entrée. De retour à l'extérieur, Cal m'a accompagnée jusqu'à ma voiture.

— Merci d'être venue, a-t-il dit en se penchant vers moi par la fenêtre de la portière.

Rafraîchie par l'air glacial, j'ai relâché mon souffle en me remémorant ce que nous avions fait dans sa chambre à coucher, par opposition aiguë à la façon dont je m'étais sentie dans le pavillon.

— On se parle plus tard, ai-je dit en tirant ma tête vers le haut pour l'embrasser.

Alors que je sortais de la cour, mon unique phare avant se balançait dans un monde qui semblait être fait de glace.

10

Courants sous-jacents

Octobre 2000

Je suis revenu d'Irlande cette semaine pour l'initiation d'Alwyn. Difficile de croire qu'elle a quatorze ans : elle semblait à la fois plus jeune, avec ses genoux noueux et sa beauté élancée et inexpérimentée, et plus âgée — la sagesse dans ses yeux, les souffrances de la vie gravées sur son visage.

Je lui ai rapporté une robe en soie brun-roux de Connemara. Elle planifie de broder des étoiles et des lunes le long du collet et de l'ourlet. Oncle Beck lui a sculpté une magnifique baguette au manche serti de morceaux de malachite et d'héliotrope. Je pense qu'elle l'aimera beaucoup.

Je sais que mes parents auraient aimé être là s'ils le pouvaient, comme ils auraient aimé assister à mon initiation et à celle de Linden. Je ne sais pas s'ils sont toujours vivants. Je n'arrive pas à sentir leur présence.

L'an dernier, j'ai rencontré la première femme de papa et son autre fils à l'une des grandes réunions de l'assemblée de sorcières en Écosse. Ils paraissaient résolument Woodbane : froids et haineux à mon égard. Je m'étais demandé si papa était peut-être demeuré en contact avec Selene — elle est très belle et très magnétique. Mais son nom a semblé provoquer une tempête en eux, ce qui n'est pas déraisonnable après tout.

Je dois partir. Alwyn a besoin d'aide pour repérer la position des étoiles pour samedi soir.

— Giomanach

Cette nuit-là, lorsque la maison est devenue silencieuse, je me suis mise à réfléchir, couchée dans mon lit. La chambre secrète de Cal m'avait perturbée. Elle était si intense, si étrange. Je ne voulais pas réellement penser à ce que Cal avait fait pour donner à cette pièce ce genre de vibrations — des vibrations que je pouvais à peine commencer à identifier.

Et à présent, je savais que Cal était un Woodbane. Hunter m'avait donc dit la vérité. Je comprenais pourquoi Cal et Selene voulaient le cacher — comme Selene l'avait dit, les Woodbane avaient une mauvaise réputation dans la communauté wiccane. Mais j'étais ennuyée par le mensonge de Cal. Et je ne pouvais m'empêcher de penser à ce qu'il avait dit au sujet de Selene et de lui; qu'ils étaient des Woodbane « traditionnels ». Qu'est-ce que ça voulait dire, exactement?

En soupirant, j'ai fait l'effort conscient de chasser les pensées liées à ma journée afin de me plonger dans le Livre des ombres de Maeve. À peu près toutes les entrées de cette section étaient recouvertes d'entrées encodées, et j'ai minutieusement déchiffré les écrits de plusieurs jours. Je savais déjà que ma mère biologique avait rencontré une sorcière originaire d'Écosse du nom de Ciaran et était tombée amoureuse de lui. C'était horrible de lire à ce sujet, en connaissant toute son histoire avec Angus. À ce stade de ma lecture, elle ne semblait pas avoir couché avec Ciaran, mais malgré tout, ce qu'elle ressentait pour lui avait probablement brisé le cœur d'Angus. Pourtant, Maeve et Angus étaient restés ensemble. Et ils m'avaient eue.

Enfin, j'ai caché le livre et l'athamé sous mon matelas. C'était la veille de l'Action de grâce. Le visage de Hunter est apparu une fois de plus devant mes yeux, et j'ai frissonné. Ce serait difficile, cette année, de faire mes remerciements.

Le lendemain matin, la cuisine débordait d'activités : une dinde sur le comptoir, des canneberges bouillonnant et crachant des petites gouttes d'une sauce qui rappelait de la lave, papa — à qui on ne confiait que les tâches les plus simples — affairé à polir l'argenterie à la table de la cuisine. Mary K. essuyait la vaisselle des grandes occasions, et ma mère s'agitait, mélangeant de la salade, faisant la chasse aux sacs de petits pains et se demandant à voix haute où elle avait fourré la meilleure nappe de sa mère. La scène ressemblait à toutes les fêtes de l'Action de grâce que nous avions célébrées — réconfortante et familière — et pourtant, cette année, je sentais qu'il manquait quelque chose.

Je suis parvenue à me glisser à l'extérieur de la maison sans que personne ne le remarque. La cour arrière était paisible ; un monde scintillant de glaçons et de neige, chaque surface enveloppée et chaque couleur tempérée et blanchie. Quel automne froid et étrange nous avions. Agenouillée sous le chêne noir, j'ai fait ma propre offrande de l'Action de grâce, que j'avais planifiée il y avait près d'une semaine, avant les événements cauchemardesques du week-end. D'abord, j'ai répandu des graines pour les oiseaux sur la neige et j'ai observé les plus petites s'enfoncer dans la croûte de la neige alors que les graines de tournesol, plus grosses, demeuraient sur le dessus. J'ai suspendu une pomme de pin enduite de beurre d'arachide à une branche. Puis, j'ai déposé une courge poivrée, une poignée d'avoine et quelques pommes de pin au bas du tronc.

J'ai fermé les yeux et je me suis concentrée. Puis, j'ai doucement récité le Wiccan Rede, que j'avais appris par cœur. Je m'apprêtais à rentrer à la maison pour dire à maman que, pour une raison ou l'autre, elle avait laissé les sacs de petits pains dans le placard du couloir, lorsque mes sens se sont mis à picoter. J'ai ouvert les yeux et j'ai jeté un regard à la ronde.

Notre cour arrière était bordée des deux côtés par des bois, une petite aire boisée qui n'avait pas encore été développée. Je n'ai rien vu, mais mes sens m'alertaient que quelqu'un se trouvait tout près, que quelqu'un me regardait. À l'aide de ma vision magyque, j'ai scruté les bois pour tenter de voir au-delà des arbres.

Je te sens. Tu es là, ai-je songé avec certitude, et j'ai cligné les yeux au moment où un éclair d'obscurité et de cheveux pâles à la couleur du soleil a tourbillonné pour ensuite disparaître.

Hunter! Une poussée d'adrénaline s'est mise à monter dans mes veines, et je me suis levée pour avancer vers les bois. Puis, j'ai réalisé avec un pincement au cœur que ça ne pouvait pas être lui. Il était mort : Cal et moi l'avions tué. Avec ces cheveux-là, c'était probablement Sky. C'était Sky, cachée dans les bois à l'extérieur de ma maison pour m'espionner.

J'ai marché à reculons tout en survolant intensément du regard l'aire autour de moi. À l'approche de la maison, j'ai trébuché sur les marches arrière. Sky croyait que j'avais tué son cousin. Sky croyait que Cal était maléfique et que je l'étais aussi. Sky voulait me faire du mal. Je me suis glissée dans la cuisine embuée et odorante, marmonnant silencieusement un sortilège de protection.

— Morgan ! s'est exclamée maman en me faisant sursauter. Te voilà ! Je pensais que tu étais toujours sous la douche. As-tu vu les petits pains ?

— Euh… ils sont dans le placard du couloir, ai-je marmonné.

Puis, j'ai ramassé un linge pour polir l'argenterie, j'ai pris place près de papa et je me suis mise au travail.

L'Action de grâce s'est déroulée comme à l'habitude : une dinde sèche, une délicieuse sauce aux canneberges, une farce salée, une tarte à la citrouille d'une couleur pâle et étrange, mais au bon goût, des petits pains moelleux du marché, et tout le monde s'interrompant à qui mieux mieux.

Tante Eileen avait invité Paula. Tante Margaret, la grande sœur de maman et d'Eileen, avait finalement cédé et recommencé à parler à tante Eileen ; ainsi, toute sa famille s'est jointe à nous. Elle avait passé la plus grande partie de la soirée en silence ; de toute évidence, elle mijotait sur le fait que sa petite sœur allait rôtir en enfer parce qu'elle était lesbienne. Oncle Michael, le mari de Margaret, avait été jovial et bon enfant avec tout le monde ; mes quatre jeunes cousins s'ennuyaient et voulaient uniquement regarder la télé, et Mary K. avait passé la soirée à me faire des grimaces dans le dos de nos cousins et à rigoler.

Une réunion de famille typique, ai-je pensé.

Vers vingt et une heures, les visiteurs ont commencé à partir. Avec un grand soupir, Mary K. s'est garée devant la télé avec une pointe de tarte. Je suis montée à ma chambre, et j'ai entendu maman et papa se retirer dans leur chambre tôt et ouvrir le téléviseur.

J'ai éteint la lumière dans ma chambre avant de marcher sur la pointe des pieds vers la fenêtre pour jeter un regard dehors. Sky était-elle toujours là, à me hanter ? J'ai tenté de projeter mes sens, mais tout ce que j'arrivais à capter était ma famille, leurs motifs paisibles dans la maison. À l'aide de ma vision magyque, j'ai plongé mon regard au-delà de la première rangée d'arbres et je n'y ai rien vu d'inhabituel. À moins que Sky ne se soit transformée en ce petit hibou perché sur le troisième pin à gauche, tout était normal.

Pourquoi était-elle venue ici ? Qu'est-ce qu'elle planifiait ? Mon cœur était lourd d'effroi à cette seule pensée. J'ai rallumé, j'ai baissé la toile et j'ai tiré les rideaux.

Je n'avais pas parlé à Cal de la journée. Une partie de moi aurait voulu lui parler et l'autre pas. Je m'ennuyais terriblement de lui, mais sa chambre secrète me perturbait.

Je suis grimpée dans mon lit et j'ai saisi un de mes livres sur la Wicca. J'avais entamé à peu près cinq livres sur la Wicca au même moment et j'en lisais quelques passages chaque jour. Celui-ci portait sur l'histoire britannique de la Wicca, et sa lecture était parfois aride. C'était incroyable de constater à quel point cet écrivain avait réussi à pomper tout ce qui était captivant sur le sujet pour rédiger ce récit barbant, et seule ma détermination à tout apprendre sur la Wicca me permettait de continuer.

Je me suis forcée à lire le livre d'histoire pendant une demi-heure, puis j'ai passé une autre heure à mémoriser les correspondances et les valeurs des cristaux et des pierres. Je consacrerais probablement des années à cette étude, mais au moins, c'était un début.

Enfin, les paupières lourdes, j'avais mérité le droit de me plonger dans le Livre des ombres de Maeve.

La première section que j'ai lue décrivait une dispute qu'elle avait eue avec sa mère. La dispute semblait avoir été terrible et me rappelait celles que j'avais eues avec mes parents après avoir appris que j'étais adoptée.

Puis, je suis tombée sur un autre passage dissimulé.

« Septembre 1981. Oh, Déesse, ai-je lu, pourquoi as-tu fait cela ? En faisant la connaissance de Ciaran, j'ai brisé le cœur d'une personne authentique. Et maintenant, mon cœur aussi est brisé.

« Ciaran et moi avons réuni nos cœurs et nos âmes l'autre nuit, sur le promontoire, au clair de lune. Il m'a exprimé la profondeur de son amour pour moi… Et puis, j'ai découvert la profondeur de sa tromperie. Déesse, il est vrai qu'il m'aime plus que quiconque, et je sais, dans mon cœur, qu'il est mon âme sœur, l'amour de ma vie, ma moitié. Nous nous sommes liés l'un à l'autre.

« Puis, il m'a raconté une autre vérité. Il est déjà marié, à une fille de Liathach, et ils ont deux enfants ensemble. »

Oh non, ai-je pensé en lisant ces lignes. Oh, Maeve, Maeve.

« Marié ! Je ne pouvais pas le croire. Il a vingt-deux ans et il est marié depuis quatre ans déjà. Ils ont un garçon de quatre ans et une fille de trois ans. Il m'a dit qu'il avait été obligé d'épouser cette fille afin d'unir leurs deux assemblées et mettre fin à la guerre qu'elles se livraient. Il m'a dit qu'il l'aime bien, mais pas comme il m'aime, moi, et que si je le lui demandais, il la quitterait le lendemain et briserait son mariage pour être avec moi.

« Mais il ne sera jamais à moi. Je ne pourrais jamais demander à un homme de déserter sa femme et ses enfants pour moi ! Je n'arrive pas à croire qu'il me l'ait offert. Déesse merci, je n'ai pas perdu la tête et fait quoi que ce soit qui aurait pu me donner un enfant de lui !

« Pour ceci, j'ai brisé le cœur d'Angus, j'ai défié Ma et Pa, et j'ai presque modifié la trajectoire de ma vie. »

J'ai déposé le Livre des ombres sur mon édredon. Les mots pleins de souffrance de Maeve brillaient sous la lame de l'athamé, et j'ai ressenti sa douleur presque aussi crûment que si elle avait été mienne. Elle était mienne, d'une certaine façon. Elle faisait partie de mon histoire ; elle avait changé mon avenir et ma vie.

J'ai tourné la page.

« Je l'ai renvoyé, ai-je lu. Il retournera à Liathach, auprès de sa femme, la fille de leur grande prêtresse. Déesse, il était malade de douleur lorsque je l'ai renvoyé. Si je le lui avais demandé, il serait resté. Mais après une nuit passée à parler, nous n'avons vu aucune voie claire : ceci est la seule solution. Et malgré ma fureur devant sa trahison, ce soir, des larmes de sang coulent de mon cœur. Je n'aimerai jamais personne d'autre de la façon dont j'ai aimé Ciaran. Avec lui, j'aurais pu boire le monde ; sans lui, j'administrerai des médicaments à des enfants au nez qui coule et fumerai des moutons jusqu'à la fin de mes jours. Si ce n'était pas un péché, je souhaiterais ma mort. »

Oh mon Dieu, ai-je pensé. J'imaginais que quelque chose nous séparait, Cal et moi, et soudain, j'ai ressenti le besoin urgent de lui parler. J'ai jeté un coup d'œil sur l'horloge. Trop tard pour téléphoner. Il faudrait que j'attende jusqu'au lendemain matin.

J'ai caché l'athamé et le Livre des ombres qui, dernièrement, aurait pu porter le titre de Livre des chagrins, puis j'ai éteint la lumière et me suis couchée.

Ma dernière pensée avant de m'endormir portait sur Sky, mais au matin, je n'ai pu m'en souvenir.

Le vendredi matin, j'ai été heureuse de me retrouver seule à la maison. J'ai pris une douche et me suis habillée avant de manger du restant de la farce pour le petit-déjeuner. Mes parents étaient partis avec de vieux amis de maman qui étaient en ville pour le week-end. Bakker avait déjà pris Mary K. en voiture. Il avait paru tout sauf enthousiaste lorsqu'elle lui avait dit qu'elle voulait se rendre au centre commercial pour faire des emplettes de Noël.

Après leur départ, j'ai fait l'effort de démêler mes pensées agitées. OK. Numéro un : Hunter. Numéro deux : la pièce secrète de Cal. Numéro trois : Cal m'avait menti à propos de son héritage de Woodbane. Numéro quatre : Selene avait été fâchée que Cal me dise qu'ils étaient des Woodbane. Numéro cinq : tout ce que Maeve avait vécu avec Ciaran et mon père. Numéro six : Sky qui espionnait ma maison la veille.

Lorsque le téléphone a sonné, je savais que c'était Cal.

— Salut, ai-je dit.

— Salut.

Sa voix était comme un baume, et je me suis demandé pourquoi je n'avais pas voulu lui parler plus tôt.

— Comment s'est déroulée ta fête de l'Action de grâce ?

— Plutôt normalement, ai-je dit. À l'exception de mon offrande à la déesse.

— Nous avons fait une offrande aussi, a-t-il dit. Nous avons tenu un cercle avec environ quinze personnes et avons pratiqué des activités typiques de l'Action de grâce — en fait, typique pour des sorcières.

— Ç'a dû être plaisant. Avec les membres de l'assemblée de ta mère ?

— Non, a répondu Cal.

J'ai décelé un nouveau ton étrange dans sa voix.

— Ces gens font partie de ceux qui ont fait des allers et venues au cours des deux dernières semaines. Des gens d'un peu partout. Ils sont des Woodbane eux aussi.

— Wow, il y en a partout, me suis-je exclamée.

Il a ri.

— Impossible de donner un coup de baguette sans tomber sur un Woodbane, ai-je ajouté en profitant de son amusement.

— Pas dans ma maison, en tout cas, a acquiescé Cal. C'est pour ça que je t'appelle, en fait. En plus du désir d'entendre ta voix. Il y a des gens ici qui souhaitent vraiment te rencontrer.

— Quoi?

— Ces Woodbane. Sans blague, les Woodbane purs sont rares, a expliqué Cal. Souvent, lorsqu'ils apprennent l'existence d'autres Woodbane, ils se mettent à leur recherche et se réunissent pour partager des histoires, des sortilèges, des recettes et des coutumes du clan. Des choses du genre.

J'ai réalisé que j'étais hésitante.

— Alors, ils souhaitent me rencontrer parce que je suis une Woodbane?

— Oui. Parce que tu es une Woodbane au sang pur très, très puissante, a lancé Cal pour m'amadouer. Ils sont très impatients de rencontrer une Woodbane non formée et non initiée capable d'allumer des bougies de ses yeux, de calmer les symptômes de l'asthme et de lancer un feu de sorcière aux gens. Et qui, de surcroît, possède les outils de Belwicket.

Cours, sorcière, cours.

— Quoi ? a demandé Cal. As-tu dit quelque chose ?

— Non, ai-je murmuré.

Mon cœur s'est mis à battre la chamade et ma respiration donnait l'impression que je venais de courir dans un escalier. Qu'est-ce qui n'allait pas ? En jetant un regard à la ronde dans la cuisine, j'ai remarqué que tout semblait normal, comme d'habitude. Mais une énorme vague de peur m'avait frappée et me submergeait, et je m'étais mise à trembler.

— Je me sens bizarre, ai-je dit d'une voix éteinte, en survolant toujours la pièce du regard.

— Quoi ? a demandé Cal.

— Je me sens bizarre, ai-je répété plus fort.

En réalité, j'avais l'impression de perdre la tête.

— Morgan? a demandé Cal d'une voix inquiète. Ça va? Y a-t-il quelqu'un avec toi? Devrais-je venir chez toi?

Oui. Non. Je ne savais pas.

— Je pense que j'ai simplement besoin de, euh, m'asperger le visage d'eau froide. Écoute, je peux te rappeler plus tard?

— Morgan, ces gens veulent vraiment te rencontrer, a-t-il insisté.

Pendant qu'il parlait, j'ai été aspirée sous une vague de peur; si bien que j'aurais voulu ramper sous la table de la cuisine et me mettre en boule. Demande son aide, m'intimait une voix. Demande à Cal de venir chez toi. Et une autre voix tonnait : Non, ne l'invite pas. Ce serait une erreur. Raccroche le combiné. Et cours.

Cal, j'ai besoin de toi, j'ai besoin de toi, ne crois pas ce que je te dis.

J'étais maintenant recroquevillée sous la table de la cuisine.

— Je dois y aller, suis-je parvenue à dire. Je t'appellerai plus tard.

Je tremblais de froid, inondée d'une si grande dose d'adrénaline que je pouvais à peine réfléchir.

— Morgan! Attends, s'est exclamé Cal. Ces gens...

— Je t'aime, ai-je murmuré. Bye.

J'ai appuyé sur le bouton de mon pouce tremblant, et la ligne s'est déconnectée. J'ai attendu une seconde avant d'appuyer sur « Parler » et de déposer le téléphone sur le sol. Si quiconque essayait d'appeler, il obtiendrait la tonalité d'occupation.

— Oh mon Dieu, ai-je marmonné, blottie sous la table. Qu'est-ce qui ne va pas chez moi?

Je suis demeurée accroupie sous la table pendant un certain temps, en ayant l'impression de devenir dingue. J'ai essayé de me concentrer et j'ai inspiré lentement plusieurs fois. Pendant une minute, je suis restée immobile en me contentant de respirer.

Lentement, j'ai commencé à me sentir mieux. J'ai rampé de sous la table, les genoux couverts de miettes. De son perchoir sur le comptoir, Dagda m'a jeté un regard de hibou.

— Je t'en prie : ne raconte ceci à personne, lui ai-je dit en me relevant.

Je me sentais presque redevenue normale physiquement, même si j'étais toujours un peu paniquée. Encore une fois, j'ai jeté un coup d'œil à la ronde, mais je n'ai rien remarqué de différent. Je me demandais si Sky m'avait jeté un sort, si quelqu'un me *faisait* quelque chose.

— Dadga, ai-je dit d'une voix tremblante tout en caressant ses oreilles, ta mère est en train de perdre la tête.

Pourtant, je me suis surprise à enfiler mon manteau, à attraper les clés de ma voiture et à sortir de la maison. Dehors, je me suis mise à courir.

11

Lien

J'étudie officiellement la magye depuis l'âge de quatre ans. J'ai été initié quand j'avais quatorze ans. J'ai participé à certains des rites anciens les plus puissants et dangereux. Pourtant, c'est très difficile pour moi de susciter une flamme avec mon esprit. Mais pour Morgan...

Maman la veut désespérément. (Moi aussi, mais pour des raisons légèrement différentes.) Nous sommes prêts pour elle. Nos gens se réunissent depuis des semaines maintenant. Edwitha de Cair Dal est logée tout près. Thomas de Belting. Alicia Woodwind de Tarth Benga. C'est une convention de Woodbane, et la maison est tellement remplie de vibrations et de ruisseaux de magye que c'est difficile pour moi de dormir la nuit.

Je n'ai jamais ressenti une telle énergie. C'est incroyable.

La machine de guerre est en marche. Et ma Morgan sera le lance-flammes.

— Sgàth

J'ai garé Das Boot à l'extérieur de Magye pratique et je suis sortie de ma voiture. Je n'ai aperçu l'affiche « Fermé » qu'au moment où je poussais la porte. Fermé ! Bien sûr : nous étions le lendemain de l'Action de grâce. Beaucoup de magasins étaient fermés. De chaudes larmes me sont montées aux yeux, et je battais furieusement des paupières pour les chasser. Dans un mouvement de colère enfantine, j'ai donné un coup de pied à la porte d'entrée.

— Aïe ! ai-je suffoqué sous la douleur irradiante du choc dans mes orteils.

Merde. Où pouvais-je aller ? Je me sentais bizarre, et j'avais besoin de me trouver avec des gens. Pendant un instant, j'ai songé à me rendre chez Cal, mais une autre poussée étrange de peur et de nausée m'a balayée et, haletante, j'ai appuyé ma tête contre la porte de Magye pratique.

Un son étouffé provenant de l'intérieur m'a fait jeter un regard dans la boutique. L'intérieur était sombre, mais j'ai aperçu une faible lumière à l'arrière, puis une ombre s'avançant vers moi. Elle se métamorphosa en David, qui faisait tinter un trousseau de clés. J'ai failli éclater en larmes de soulagement.

David a ouvert la porte et m'a laissée entrer dans la boutique. Il a verrouillé la porte derrière moi, et nous sommes demeurés debout un moment, nous regardant dans l'obscurité.

— Je me sens étrange, ai-je murmuré avec ferveur, comme si ceci expliquait ma présence.

David m'a examinée d'un regard intense avant de me mener vers la petite pièce derrière le rideau orange.

— Je suis content de te voir, m'a-t-il dit. Laisse-moi t'offrir une tasse de thé.

Le thé me semblait être une idée fabuleuse, et j'étais si contente d'être là — en sécurité.

David a repoussé le rideau et est pénétré dans l'arrière-boutique. Je l'ai suivi en lui disant :

— Merci de m'avoir laissée…

Hunter Niall était assis à la table ronde de l'arrière-boutique.

J'ai hurlé avant de porter mes mains à ma bouche. J'avais l'impression que mes yeux allaient me sortir de la tête.

Il a paru étonné de me voir, lui aussi, et nous nous sommes retournés vers David, qui nous observait avec une lueur d'amusement dans ses yeux aux paupières tombantes.

— Morgan, tu as déjà rencontré Hunter, n'est-ce pas ? Hunter Niall, je te présente Morgan Rowlands. Peut-être devriez-vous vous serrer la main ?

— Tu n'es pas mort, ai-je haleté inutilement.

Et ensuite, j'ai senti mes genoux se dérober sous moi, comme dans les romans de mystère, et j'ai tiré une chaise en métal abîmée pour m'effondrer sur elle. Je ne pouvais quitter Hunter des yeux. Il n'était pas mort ! Il était bel et bien vivant, bien que son teint était plus pâle que d'habitude, et qu'il portait toujours des égratignures et des contusions sur ses mains et son visage. Je n'ai pas pu m'empêcher de regarder son cou et, surprenant mon regard, il a glissé un doigt sous son écharpe de laine et l'a tirée suffisamment vers le bas pour me permettre de voir la vilaine plaie non guérie que je lui avais causée en lui lançant l'athamé.

David m'a versé une tasse de thé fumant.

— Je ne comprends pas, ai-je gémi.

— Tu comprends certaines parties, m'a corrigée David.

Il s'est tiré une chaise et nous nous sommes retrouvés regroupés tous les trois autour de la petite table ronde bancale au dessus en contreplaqué.

— Mais tu n'as pas encore une vision d'ensemble.

Je me retenais pour ne pas grogner. On me parlait de « vision d'ensemble » depuis que j'avais découvert la Wicca. J'avais l'impression qu'on ne me mettrait jamais au parfum.

J'ai ressenti un picotement de peur. Je n'aimais pas Hunter ; je ne lui faisais pas confiance. J'avais appris à faire confiance à David, mais à présent, je me souvenais à quel point il me troublait au départ. Pouvais-je avoir en confiance en quiconque ? Y avait-il quelqu'un dans mon camp ? Mes yeux allaient de l'un à l'autre : David, ses cheveux argentés fins et courts et ses yeux bruns inquisiteurs ; Hunter, ses cheveux blond doré comme ceux de Sky, mais aux yeux verts et non noirs.

— Tu te demandes ce qui se passe, a fait David.

Le terme était extrêmement faible.

— J'ai peur, ai-je dit d'une voix tremblante. Je ne sais plus quoi croire.

Dès que j'ai ouvert la bouche, on aurait dit qu'un mur de sacs de sable s'était finalement effondré. Mes mots se sont mis à couler à flots.

— Je pensais que Hunter était mort. Et… je pensais que je pouvais avoir confiance en *toi*. Tout me bouleverse. Je ne sais pas qui je suis ou ce que je fais.

Ne pleure pas, me suis-je ordonné férocement. Ne *t'avise pas* de pleurer.

— Je suis désolé, Morgan, m'a dit
David. Je sais que tout ceci est très difficile
pour toi. J'aimerais que ça soit plus facile,
mais c'est la voie sur laquelle tu te trouves,
et tu dois la suivre. Ma voie était beaucoup
facile.

— Comment se fait-il que tu ne sois
pas mort? ai-je demandé à Hunter.

— Désolé de te décevoir, a-t-il dit; sa
voix était plus rauque qu'avant. Heureusement, ma cousine Sky est athlétique. Elle
m'a trouvé et m'a tiré de la rivière.

Ainsi, Sky avait reçu mon message. J'ai
avalé ma salive.

— Je n'ai jamais voulu… te faire
aussi mal, lui ai-je dit. Je voulais seulement
t'arrêter. Tu allais tuer Cal!

— Je faisais mon *travail*, a lancé Hunter
dont les yeux s'enflammaient. Je combat-
tais en légitime défense. Je n'allais pas
laisser Cal se rendre devant le Conseil
supérieur sans l'attacher avec une *braigh*.

— Tu allais le tuer! me suis-je exclamée
à nouveau.

— Il essayait de me tuer! a rétorqué Hunter. Et ensuite, *tu* as essayé de me tuer!

— Ce n'est pas vrai! J'essayais de t'arrêter!

David a levé les mains.

— Arrêtez. Ceci ne vous mène à rien. Vous avez peur tous les deux, et cette peur vous met en colère, et cette colère vous rend violents.

— Merci, docteur Laura, ai-je lancé d'un ton hargneux.

— Je n'ai pas peur d'*elle*, s'est exclamé Hunter comme s'il avait six ans.

J'aurais voulu lui donner un coup de pied sous la table. À présent que je savais qu'il était vivant, je me suis souvenue à quel point il était déplaisant.

— Oui, tu as peur, a affirmé David en regardant Hunter. Tu as peur de son potentiel, de ses alliances possibles, de son pouvoir et de son manque de connaissances au sujet de ce pouvoir. Elle t'a lancé un athamé au cou, et tu ne sais pas si elle le fera à nouveau.

David s'est tourné vers moi.

— Et tu as peur que Hunter sache quelque chose que tu ignores, qu'il te fasse du mal ou qu'il fasse du mal à une personne que tu aimes, qu'il dise peut-être la vérité.

Il avait raison. J'ai avalé péniblement une gorgée de thé, mon visage brûlant de colère et de honte.

— Eh bien, vous avez tous les deux raison, a affirmé David en prenant une gorgée de thé. Vous avez tous les deux des raisons valables d'avoir peur l'un de l'autre. Mais vous devez laisser tout ça derrière vous. Je crois que nous allons bientôt passer par de dures épreuves, et vous devez vous unir pour leur faire face.

— De quoi *parles*-tu? ai-je demandé.

— De quoi aurais-tu besoin pour faire confiance à Hunter? m'a questionnée David. Et pour me faire confiance?

J'ai ouvert la bouche pour la refermer immédiatement. J'ai réfléchi. Puis, j'ai commencé à m'expliquer :

— Tout ce que je sais — presque tout — semble être de l'information de seconde main. On me *dit* des choses. Je pose des questions, et les gens choisissent d'y répondre ou non. J'ai lu différents livres qui contiennent des renseignements différents sur la Wicca, les Woodbane et la magye.

David a semblé pensif.

— En quoi as-tu confiance ?

Lors d'une conversation que j'avais déjà eue avec Alyce, elle m'avait dit qu'en fin de compte, je devais avoir confiance en moi. En mes connaissances. Aux choses qui *existaient*, simplement.

— J'ai confiance en *moi*. La plupart du temps, ai-je ajouté afin de ne pas paraître arrogante.

— OK, a commencé David en se calant dans sa chaise et en enlaçant ses doigts. Alors, tu as besoin d'information de première main. Que suggères-tu pour l'obtenir ?

Le jour de mon anniversaire, Cal et moi avions médité ensemble en réunissant nos âmes. Je me suis levée, j'ai longé la table et je me suis approchée de Hunter. J'ai vu ses muscles se resserrer ; sa méfiance : il était prêt à se battre si je lui livrais combat.

En serrant les dents, j'ai concentré mes pensées et j'ai avancé lentement la main vers le visage de Hunter. Il l'a fixée d'un regard prudent. Lorsque ma main était à deux doigts d'effleurer son visage, des étincelles bleu pâle ont bondi de mes doigts vers sa joue. Nous avons sursauté tous les trois, mais j'ai maintenu le contact, et finalement, j'ai senti sa peau sous mes doigts repliés.

J'étais passée près de lui dans la rue deux semaines plus tôt, et le résultat avait été renversant : une libération d'émotions si énorme que je m'étais sentie malade. Je revivais la même chose à présent, mais en moins effroyable. J'ai fermé les yeux et j'ai concentré mon énergie à créer un contact avec Hunter. Mes sens sont allés à la rencontre des siens, mais son esprit a d'abord esquissé un mouvement de recul. J'ai attendu en respirant à peine et, graduellement, j'ai senti ses défenses se relâcher. Son esprit s'est ouvert légèrement pour me laisser entrer.

S'il choisissait de m'attaquer, j'étais cuite. En établissant un lien comme celui-là, je pouvais sentir à quel point nous étions vulnérables l'un devant l'autre. Malgré tout, j'ai insisté, ressentant les doutes de Hunter, sa résistance puis, lentement, sa surprise, son assentiment et sa décision de me laisser pénétrer plus profondément.

Nos pensées se sont rejointes. Il m'a vue, et ce que je savais de mon passé, et je l'ai vu, lui.

Gìomanach. Son nom était Gìomanach. Je l'ai entendu en gaélique et en anglais simultanément. Son nom signifiait «chasseur*». Il était membre du Conseil supérieur. Il était un investigateur, et on lui avait confié la mission d'enquêter sur Cal et Selene en raison d'une mauvaise utilisation possible de la magye.

J'ai failli me retirer sous l'effet de la douleur, mais je suis restée avec Hunter et je l'ai senti fouiller mon esprit, examiner mes intentions, peser mon innocence et mon lien avec Cal. Je l'ai senti se demander si Cal et moi avions été amants, et j'ai été

---

*N.d.T. : «Hunter» signifie «chasseur» en anglais.

embarrassée de ressentir son soulagement quand il a découvert que non.

Notre respiration était courte et superficielle, sans bruit dans le silence profond de cette petite pièce. Ce lien était encore plus profond que celui que j'avais forgé avec Cal. Il pénétrait jusqu'à la moelle, jusqu'à nos âmes, et nous avons paru examiner nos liens, une couche après l'autre. Soudain, je me suis retrouvée au milieu d'un pré ensoleillé, assise en tailleur sur le sol ; Hunter à mes côtés.

Je me sentais bien, et j'ai souri, sentant la chaleur du soleil sur mon visage et dans mes cheveux. Des insectes bourdonnaient autour de nous, et l'air embaumait le trèfle frais et doux.

J'ai regardé Hunter, et il m'a regardée, et aucune parole n'était nécessaire. J'ai vu son enfance, l'ai aperçu avec sa cousine Athar, que je connaissais sous le nom de Sky, j'ai ressenti l'agonie qu'il avait vécue au départ de ses parents. La profondeur de son angoisse à propos de la mort de son frère était quasi insupportable, bien que j'ai vu qu'il avait subi son procès et avait été reconnu non coupable. Une vérité que Cal ignorait.

Hunter a aperçu ma vie normale, le choc d'apprendre que j'étais une sorcière de sang, la douceur grandissante de mon amour pour Cal, les émotions troublantes que je ressentais au sujet de sa pièce secrète. Je n'ai pas pu cacher mes préoccupations au sujet de Mary K. et de Bakker, mon amour pour ma famille, mon chagrin au sujet de la triste vie de ma mère et de sa mort non résolue.

Graduellement, j'ai réalisé qu'il était temps de partir, et je me suis levée dans le pré et j'ai senti l'herbe caresser mes jambes nues. Hunter et moi avons échangé nos au revoir sans sourire. Nous avions atteint un nouveau niveau de confiance. Il savait que je n'avais pas voulu le tuer et que je ne faisais pas partie d'un plan plus vaste et sombre. En Hunter, j'avais lu la souffrance, la colère et même la vengeance, enveloppées d'une couche de prudence et de défiance. Pourtant, je n'avais pas vu ce que j'avais cherché. Il n'y avait rien de maléfique.

Lorsque je suis ressortie de cette communion, je me sentais étourdie, et la main de David m'a guidée vers ma chaise. Timidement, j'ai levé les yeux pour rencontrer le regard de Hunter.

Il m'a regardée aussi et il paraissait aussi secoué que moi.

— C'était une expérience intéressante, a dit David en brisant le silence. Morgan, j'ignorais que tu savais comment joindre ton âme à celle de Hunter, mais je présume que je ne devrais pas être étonné. Qu'as-tu appris?

Je me suis raclé la gorge.

— J'ai vu que Hunter n'était pas… maléfique ou rien.

Hunter regardait David.

— Elle ne devrait pas être capable de faire cela, a-t-il dit à voix basse. Seuls les sorcières ayant des années de formation… Elle a pénétré directement dans mon esprit…

David lui a tapoté la main.

— Je sais, a-t-il dit d'un air contrit.

Je me suis penchée sur la table en direction de Hunter.

— Eh bien, si tu n'es pas maléfique, ai-je lancé vivement, pourquoi Sky et toi me suivez-vous partout ? Je vous ai aperçus dans ma cour arrière il y a une semaine. Vous avez laissé des *sigils* partout. À quoi servent-ils ?

Hunter a eu un mouvement convulsif de surprise.

— Ce sont des sortilèges de protection, a-t-il dit.

C'est alors que la porte arrière, une porte que j'avais à peine remarquée, s'est ouverte. Son petit rideau s'est agité sous l'effet du souffle d'air froid qui a balayé la pièce.

— Toi ! s'est écriée Sky qui me fixait du regard dans l'embrasure de la porte.

Elle a jeté un regard furtif à Hunter pour s'assurer que je n'avais pas tenté de le tuer durant les vingt dernières minutes.

— Qu'est-ce qu'elle fait ici ? a-t-elle demandé à David.

— Une simple visite, a répondu David avec un sourire.

Elle a plissé ses yeux noirs.

— Tu ne devrais pas être ici, a-t-elle grogné. Tu l'as presque tué!

— Tu m'as fait croire que je *l'avais* tué! ai-je rétorqué d'un ton brusque. Tu savais ce qui était arrivé, tu savais qu'il était vivant, pourtant, tu m'as laissée croire qu'il était mort. J'en ai été malade!

Elle a fait une grimace d'incrédulité.

— Pas assez malade.

— Qu'est-ce que tu faisais chez moi hier? Pourquoi m'espionnais-tu?

— T'espionner? Ne te flatte pas, a-t-elle dit en jetant son sac à dos noir. J'ai des choses plus importantes à faire.

J'ai écarquillé les yeux.

— Menteuse! Je t'ai vue hier!

— Non, c'était moi, s'est interposé Hunter.

Sky et moi nous sommes tournées vers lui.

Il a haussé les épaules.

— Je la tiens à l'œil.

Son arrogance était exaspérante. Il n'était peut-être pas maléfique, mais il demeurait une personne horrible.

— Comment oses-tu… ai-je commencé avant que Sky ne m'interrompe.

— Bien sûr qu'il te tient à l'œil! s'est-elle exclamé. Il fait partie du Conseil, et tu as tenté de le tuer! Si une autre sorcière n'avait pas vu ce que tu as fait et ne m'avait pas envoyé un message pour que j'aille le chercher, il serait mort!

J'ai explosé de colère, bondissant sur mes pieds.

— Quelle autre sorcière? C'est *moi* qui t'ai envoyé un message cette nuit-là. C'est *moi* qui t'ai dit d'aller le chercher! Et j'ai composé le 911 aussi!

— Ne sois pas ridicule, a dit Sky. Tu n'aurais pas pu envoyer ce message. Tu n'es vraiment pas assez forte.

— Au contraire, a mélancoliquement dit Hunter en appuyant son menton contre sa main. Elle vient tout juste de balayer mon cerveau. Je n'ai plus de secrets pour elle.

Sky l'a fixé du regard comme s'il venait de s'exprimer en dialectes. Il a avalé de petites gorgées de thé sans la regarder.

— De quoi parles-tu? a demandé Sky.

— Elle a effectué un *tàth meanma*, a expliqué Hunter — son accent devenant plus fort lorsqu'il a prononcé les mots gaéliques.

Un frisson m'a parcouru l'échine, et j'ai su instinctivement qu'il faisait référence à ce que nous avions fait, à ce que j'appelais « l'emmêlement wiccan des esprits ».

Sky a paru décontenancée.

— Mais elle ne peut pas faire ça.

Elle m'a fixée du regard, et j'ai eu l'impression d'être un animal au zoo. Je me suis rassise abruptement.

— Tu es Athar, lui ai je dit, me souvenant de son nom. Athar signifie « ciel* ». Tu es sa cousine Athar.

Personne n'avait quoi que ce soit à répondre à cela.

— Elle n'est pas de mèche avec Cal et Selene, a finalement affirmé Hunter.

Je suis redevenue furieuse.

— *Cal* et *Selene* ne sont pas de mèche avec Cal et Selene non plus ! ai-je affirmé. En passant, Cal et moi avons effectué un *tàth menama*...

_____

* N.d.T. : « Sky » signifie « ciel » en anglais.

— *Meanma*, m'a corrigée Hunter.

— Peu importe. Et il n'était pas maléfique non plus !

— Était-il dirigé par lui ou par toi ? a
demandé Hunter.

Déconcertée, j'ai réfléchi à sa question.

— Par lui.

— Es-tu pénétrée aussi profondément
en lui qu'en moi ? a-t-il poursuivi. As-tu vu
son enfance et son avenir, les temps d'éveil
et de sommeil ?

— Je ne suis pas certaine, ai-je admis
en tentant d'y réfléchir.

— Tu dois en être certaine, m'a indiqué
David d'un ton presque impatient.

Je les ai regardés tous les trois. Ils semblaient attendre ma réponse, et je n'avais
rien à leur offrir. J'aimais Cal, et il m'aimait
aussi. C'était ridicule de penser qu'il pouvait être maléfique.

Une image de sa petite pièce dans le
pavillon de la piscine s'est soudain pré-
sentée à mon esprit. Je l'ai repoussée avec
colère. Mais une autre pensée a retenu mon
attention.

— J'ai entendu Bree et Raven dire que tu leur apprenais des choses sur le côté obscur, ai-je accusé Sky.

— Bien entendu, a-t-elle rétorqué, ses yeux noirs lançant des éclairs. Afin qu'elles puissent le reconnaître et le combattre! On dirait bien que quelqu'un aurait dû en faire de même pour toi!

Je me suis relevée, submergée par la colère.

— Merci pour le thé, ai-je dit à David. Je suis contente que tu ne sois pas mort, ai-je grogné à Hunter.

Puis, j'ai filé par la porte arrière.

Alors que je marchais à pas lourds dans l'allée pour gagner ma voiture, des possibilités se sont mises à marteler mon cerveau. Hunter n'était pas mort! Quel énorme soulagement. Une bouffée de gratitude est montée en moi. Et il n'était pas maléfique! Seulement… dans l'erreur. Malheureusement, Sky était toujours une chipie de première qui menait Bree, Raven et le reste de l'assemblée Kithic dans des zones grises.

Mais, d'abord, le plus urgent : Hunter était vivant!

12

Vision d'ensemble

Octobre 2000

L'initiation d'Alwyn s'est bien passée. J'étais très fier d'elle, en la voyant répondre aux questions de sa voix claire et aiguë. Elle grandira au sein des Wyndenkell et plus tard, nous l'espérons, elle épousera quelqu'un du Vinneag, le clan d'oncle Beck.

Pendant un instant, alors qu'oncle Beck appuyait son athamé sur son œil et lui ordonnait de s'approcher, je me suis demandé s'il n'aurait pas mieux valu qu'elle ne soit pas née sorcière. Elle serait une adolescente de quatorze ans ordinaire, rigolant avec ses copines et ayant le béguin pour un garçon. À la place, elle a passé les six dernières années à mémoriser l'histoire des clans, les tables de correspondances, les rituels, les rites ; à assister à des cours sur les sortilèges ; à étudier l'astronomie, l'astrologie, les herbes et un millier d'autres choses, en plus de son travail à l'école. Elle avait été absente des activités scolaires et des anniversaires d'amis. Et elle avait perdu ses parents au tendre âge de quatre ans.

Est-ce que sa vie est mieux ainsi ? Est-ce que Linden serait toujours vivant s'il n'avait pas été une sorcière ? Je sais que nos vies auraient comporté moins de douleur si nous avions été de simples humains.

Mais ça ne sert à rien d'y songer. Personne ne peut échapper à son destin — si vous vous cachez de lui, il trouve le moyen de vous retrouver. Si vous le niez, il vous tuera. Je suis né sorcière, comme le reste de ma famille, et nous serons toujours des sorcières. Nous devons témoigner notre gratitude pour cela.

— Giomanach

Lorsque je suis arrivée à la maison, j'y ai trouvé une note m'indiquant que Cal était passé durant mon absence. J'ai couru à l'étage, j'ai apporté le téléphone dans ma chambre et j'ai appelé chez Cal. Il a répondu immédiatement.

— Morgan! Où étais-tu? Tu vas bien?

— Je vais bien, ai-je dit en ressentant la bouffée de chaleur familière au son de sa voix. Je ne sais pas ce qui n'allait pas avec moi ce matin. Je me sentais si bizarre.

— Je m'inquiétais tellement pour toi. Où es-tu allée?

— Chez Magye pratique. Et tu ne devineras jamais qui j'y ai vu?

Il y a eu un silence à l'autre bout du fil, et j'ai ressenti une vigilance soudaine de la part de Cal.

— Qui?

— Hunter Niall, ai-je annoncé.

Je pouvais imaginer les yeux de Cal s'écarquiller et la surprise sur son visage. J'ai souri en souhaitant pouvoir en être témoin.

— Que veux-tu dire? a demandé Cal.

— Je veux dire qu'il est vivant, ai-je dit. Je l'ai vu.

— Où était-il pendant tout ce temps? a demandé Cal d'un ton qui paraissait presque offusqué.

— En fait, je ne le lui ai pas demandé, ai-je répondu. Je présume qu'il était avec

Sky. Elle l'a retrouvé cette nuit-là et l'a ramené chez lui.

— Alors, il n'était pas mort, a répété Cal. Il est tombé de cette falaise avec un athamé dans le cou, et il n'était pas mort.

— Non. N'es-tu pas content ? ai-je demandé. Le poids de cet accident était si horrible. Je n'arrivais pas à croire que j'avais fait quelque chose d'aussi terrible.

— Même s'il me tuait, a dit Cal d'un ton impassible. Il a serré une *braigh* autour de moi. Il a tenté de m'amener au Conseil supérieur pour que je sois reviré sens dessus dessous.

J'entendais l'amertume dans sa voix.

— Non, bien sûr que non, ai-je dit, prise par surprise. Je suis contente de l'avoir arrêté. Nous avons *gagné* cette bataille. Je ne regrette pas ça du tout. Mais je pensais que j'avais tué quelqu'un, et que cette ombre allait planer sur moi toute ma vie. Je suis vraiment, vraiment heureuse de savoir que ce ne sera pas le cas.

— On dirait que tu as oublié qu'il essayait de me tuer, a dit Cal d'un ton plus tranchant. Te souviens-tu à quoi mes poignets ressemblaient par la suite? À de la viande hachée. Je vais en porter les cicatrices le reste de ma vie.

— Je sais, je sais, ai-je dit. Je suis désolée. Il avait... il avait plus que tort. Je suis contente de l'avoir arrêté. Mais je suis aussi contente de ne pas l'avoir *tué*.

— Lui as-tu parlé?

— Oui.

Je commençais à être perturbée par le ton de Cal et j'ai décidé de ne pas lui raconter le *tàth menima*, euh, *mamena* — peu importe.

— J'ai aussi vu sa charmante cousine, Sky, et nous nous sommes disputées. Comme d'habitude.

Cal a ri sans humour avant de devenir silencieux. À quoi pensait-il? Je ressentais le besoin de m'emmêler dans son âme à nouveau, pour sentir les vibrations dans son for intérieur. Mais je souhaitais mener l'exploration cette fois-ci.

Quelle pensée troublante. Est-ce que *j'avais* des doutes à propos de Cal?

— À quoi penses-tu? a-t-il demandé d'une voix douce.

— Que j'aimerais te voir bientôt, ai-je répondu en me sentant coupable de lui dire une demi-vérité.

— Je voulais te voir aujourd'hui, a-t-il dit. Je te l'ai demandé, et tu as dit non, puis tu es allée chez Magye pratique. Tu n'étais même pas à la maison quand je suis passé pour m'assurer que tu allais bien.

— Je suis vraiment désolée, ai-je fait. C'est seulement que… ce matin, je me sentais si étrange. Je pense que j'ai vécu une crise de panique. Je ne réfléchissais pas clairement : je voulais seulement sortir d'ici. Mais je suis désolée. Je ne voulais pas te laisser tomber.

— Il y avait des gens qui souhaitaient te rencontrer, a-t-il dit d'un ton légèrement apaisé.

Les poils de mon cou se sont dressés.

— Je suis désolée, ai-je répété. Je n'étais pas d'attaque aujourd'hui.

Il a poussé un soupir, et je l'imaginais passer une main dans sa chevelure foncée et épaisse.

— J'ai des tonnes de choses à faire ce soir, mais nous avons un cercle demain, chez Ethan. Je te verrai là si nous ne nous voyons pas plus tôt dans la journée.

— OK, ai-je dit. Passe-moi un coup de fil si tu peux te libérer.

— D'accord. Tu m'as manqué aujourd'hui. Et je suis inquiet à propos de Hunter. Je pense que c'est un psychopathe, et j'étais soulagé de savoir qu'il ne pouvait plus nous faire de mal.

J'ai ressenti un soudain signal d'alarme. Je n'avais même pas songé à cela. Je devais parler à Hunter pour éviter qu'il ne s'en prenne à nouveau à Cal. Nous devions trouver un moyen d'arranger tous ces... malentendus, si on pouvait les nommer ainsi, sans violence.

— Je dois y aller. À bientôt.

J'ai entendu le bruit d'un baiser, puis il a raccroché.

Je suis restée assise sur mon lit, songeuse. Lorsque je parlais à Cal, je détestais tout ce qui avait rapport à Hunter. Mais aujourd'hui, pendant que Hunter et moi avions fait le truc de *tàth*, il m'avait semblé correct.

J'ai poussé un soupir. Je me sentais comme une girouette qui s'agitait au gré du vent.

Après le dîner, Mary K. et moi avons nettoyé la cuisine. Effectuer des tâches ordinaires comme celles-là paraissait un peu surréel après ma conversation avec Cal.

Pour la centième fois, j'ai pensé : Hunter est vivant ! J'étais si heureuse. Pas que le monde avait réellement besoin de Hunter, mais à présent, je n'avais pas sa mort sur la conscience. Il était vivant, et je le vivais comme un millier de jours de soleil, ce qui était bizarre puisque je ne pouvais pas le supporter.

— Tu as des plans pour ce soir ? ai-je demandé à Mary K.

— Bakker vient me prendre, a-t-elle répondu. Nous allons chez Jaycee.

Elle a fait une grimace.

— Peux-tu parler à papa et à maman, Morgan ? Ils disent que je ne peux toujours pas sortir seule, je veux dire, avec Bakker. Il faut toujours que nous soyons avec d'autres personnes le soir.

— Hummm, ai-je fait en songeant que c'était probablement une bonne idée.

— Et mon couvre-feu! Vingt-deux heures! Bakker n'a pas à rentrer avant minuit.

— Bakker a presque dix-sept ans, lui ai-je fait remarquer. Tu en as quatorze.

Elle a froncé les sourcils avant de jeter une poignée d'argenterie dans le lave-vaisselle dans un mouvement de colère.

— Tu détestes Bakker, a-t-elle grogné. Tu ne m'aideras pas.

Très vrai, ai-je pensé, mais j'ai tout de même ajouté :

— Je ne lui fais simplement pas confiance après qu'il a essayé de te faire du mal. Je veux dire, il a retenu ma sœur et l'a fait pleurer. Je ne peux pas oublier ça.

— Il a changé, a insisté Mary K.

Je suis demeurée silencieuse. Après avoir récuré la dernière assiette, je suis montée à ma chambre. Vingt minutes plus tard, j'ai ressenti les vibrations de Bakker, et la sonnette a retenti. J'ai lâché un soupir, souhaitant pouvoir protéger Mary K., même à distance.

Dans ma chambre, j'ai étudié un livre sur les propriétés de différents encens et huiles essentielles, et sur les infusions à faire à partir de ceux-ci. Une heure plus tard, je suis passée au Livre des ombres de Maeve, redoutant ce que j'allais y trouver, et pourtant, j'étais poussée à en lire plus. Son livre débordait de tristesse à ce stade, d'angoisse au sujet de Ciaran. Bien qu'il lui avait dissimulé son mariage et lui avait démontré qu'il était prêt à quitter sa femme et ses enfants, elle sentait toujours qu'il était son *mùirn beatha dàn*. C'était difficile pour moi de comprendre comment elle pouvait toujours l'aimer après avoir appris tout ça. Cela me faisait penser à Mary K. et à Bakker. Si quelqu'un m'avait retenue de force et avait tenté de me violer, je savais que je n'aurais jamais été en mesure de le pardonner et de reprendre avec lui.

Qui est là? J'ai levé les yeux. Mes sens m'indiquaient que l'énergie d'une autre personne se trouvait à proximité. Rapidement, j'ai vérifié la maison. J'effectuais cet exercice si souvent et je connaissais si bien les habitudes de ma famille qu'une seule seconde m'a suffi pour savoir que mes parents se trouvaient dans le salon, que Mary K. était sortie et qu'un étranger se trouvait dans la cour arrière. J'ai éteint la lumière dans ma chambre et j'ai regardé par la fenêtre.

J'ai scruté les ombres plus profondes sous les rhododendrons qui se trouvaient sous ma fenêtre, et ma vision magyque a décelé le reflet d'une chevelure courte, de la couleur du clair de lune. Hunter.

J'ai couru au rez-de-chaussée, puis j'ai traversé la cuisine et attrapé mon manteau posé sur un crochet près de la porte. Avec assurance, je me suis frayé un chemin dans la neige d'un bout à l'autre de la cour arrière pour tourner sur le côté, là où se trouvait la fenêtre de ma chambre. Si je n'avais pas été à sa recherche et si je n'avais pas eu ma vision magyque, je n'aurais jamais aperçu Hunter se fondre dans les ombres de la nuit, appuyé contre notre maison. Encore une fois, j'ai ressenti une sensation physique intense en sa présence — une prise de conscience inconfortable et exaltée, comme si mon système nerveux était continuellement submergé de caféine.

En posant les mains sur mes hanches, je lui ai lancé :

— Qu'est-ce que tu fous ici ?

— Peux-tu voir dans le noir ? a-t-il demandé, comme s'il cherchait à engager la conversation.

— Oui, bien sûr. Comme toutes les sorcières, non ?

— Non, a-t-il dit en s'éloignant de la maison et en essuyant ses gants. Certaines sorcières ne possèdent pas la vision magyque. Aucune sorcière non initiée ne la possède, sauf toi, je présume. Et ce ne sont pas toutes les sorcières de sang qui la possèdent. Mais cette caractéristique semble être forte chez les Woodbane.

— Alors, tu la possèdes sûrement toi aussi, ai-je dit, puisque tu es à demi Woodbane.

— Oui, je l'ai, a-t-il dit en ignorant le défi dans ma voix. Je l'ai développée quand j'avais environ quinze ans. Je pensais que c'était lié à la puberté, comme la barbe.

— Qu'est-ce que tu fais ici ?

— Je retrace les *sigils* de protection sur ta maison, a-t-il dit tout bonnement, comme s'il avait affirmé : « Je taillais ces buissons. » Je vois que Cal a dessiné les siens par-dessus.

— Il me protégeait de toi, lui ai-je fait remarquer. De qui me protèges-*tu* ?

Son sourire était comme un éclat de lumière dans l'obscurité.

— De lui.

— Tu ne planifies pas l'attacher à nouveau, n'est-ce pas ? ai-je demandé. De serrer la *braigh* autour de lui ? Parce que tu sais que je ne te laisserai pas lui faire de mal.

— Aucune crainte. Je n'adopterai pas cette approche à nouveau, a fait Hunter en touchant son cou avec précaution. Je me contente d'observer... pour l'instant, de toute façon. Jusqu'à ce que j'obtienne des preuves sur ce qu'il prépare. Et je les obtiendrai.

— Génial, ai-je dit avec dégoût. J'en ai marre de vous deux. Pourquoi ne me laissez-vous pas en dehors de cette « vision d'ensemble » que vous partagez ?

— J'aimerais bien, Morgan, a dit Hunter d'une voix sobre. Mais j'ai bien peur que tu fasses partie de la vision d'ensemble, que tu le veuilles ou non.

— Mais pourquoi ? me suis-je écriée avec agacement.

— En raison de qui tu es, a-t-il dit. Maeve faisait partie de Belwicket.

— Et alors ?

Ayant un peu froid, je frottais mes bras et mes épaules.

— Belwicket a été détruite par une vague sombre, selon la légende, non ?

— Oui, ai-je affirmé. Dans le Livre des ombres de Maeve, il est indiqué qu'une vague sombre s'est levée et a anéanti son assemblée. Elle a tué les gens et détruit les immeubles. Mon père est retourné au village. Il a dit qu'il ne restait pratiquement rien.

— C'est vrai, a confirmé Hunter. J'y suis allé. Le problème est que Belwicket n'est pas la seule assemblée à avoir été détruite par cette soi-disant vague sombre.

J'ai trouvé des preuves de l'éradication d'au moins huit autres assemblées, en Écosse, en Angleterre, en Irlande et au pays de Galles. Et il ne s'agit là que des plus évidentes. Cette... force, peu importe ce qu'elle est, pourrait être responsable de bien d'autres dommages, à plus petite échelle.

— Mais qu'est-ce que c'est ? ai-je murmuré.

— Je ne sais pas, a affirmé Hunter en cassant une petite branche en signe de frustration. Je l'étudie depuis deux ans, et je ne sais toujours pas à quoi je fais face. Une sorte de force maléfique. Elle a détruit l'assemblée de mes parents, et ils ont dû trouver un endroit où se planquer. Je ne les ai pas vus depuis près de onze ans.

— Sont-ils toujours vivants ?

— Je ne sais pas, a-t-il fait en haussant les épaules. Personne ne le sait. Mon oncle m'a dit qu'ils s'étaient cachés pour protéger mon frère, ma sœur et moi. Personne ne les a aperçus depuis.

L'analogie était claire.

— Mes parents biologiques se sont cachés aussi, ici, en Amérique, ai-je dit.

Mais ils ont été assassinés deux ans plus tard.

Hunter a hoché la tête.

— Je sais. Je suis désolé. Mais ils ne sont pas les seuls à être morts. J'ai répertorié plus de cent quarante-cinq morts dans les huit assemblées que je connais.

— Et personne ne sait de quoi il s'agit, ai-je affirmé.

— Pas encore.

Sa frustration était palpable.

— Mais je trouverai la réponse. Je poursuivrai ma quête aussi longtemps qu'il le faudra.

Nous sommes restés ainsi pendant un certain temps, sans parler, perdus dans nos pensées.

— Qu'est-il arrivé à Linden? ai-je demandé.

Hunter a tressailli comme si je l'avais frappé.

— Il essayait aussi d'élucider le mystère de la disparition de nos parents, a-t-il dit à voix basse. Mais il a convoqué une force de l'Au-delà, et ça l'a tué.

— Je ne comprends pas, ai-je dit.

Une brise glaciale s'est glissée dans mes cheveux, et je me suis mise à frissonner. Devrais-je inviter Hunter à l'intérieur ? Nous pourrions discuter dans la cuisine ou la salle familiale. Il ferait chaud là.

— Tu sais, un esprit obscur, a expliqué Hunter. Une force maléfique. Je présume que la vague sombre est soit une force incroyablement puissante comme ça ou un groupe d'esprits réunis.

C'était un trop-plein d'information pour moi.

— Tu veux dire, comme une personne décédée ? ai-je dit d'une voix grinçante. Un fantôme ?

— Non. Un être qui n'a jamais été vivant.

J'ai eu un autre frisson, et j'ai enroulé mes bras autour de mon corps. Sans que je m'en rende compte, Hunter s'est mis à frictionner mon dos et mes bras pour tenter de me réchauffer. J'ai levé les yeux vers son visage baignant dans le clair de lune, ses pommettes bien découpées, l'éclat vert dans ses yeux. Il était beau ; aussi beau que Cal, à sa manière.

Il avait fait du mal à Cal, me suis-je remémorée. Il avait enroulé une *braigh* autour de Cal et l'avait blessé.

J'ai reculé ; je ne voulais plus l'inviter à entrer.

— Que feras-tu de la force obscure quand tu la trouveras ? ai-je demandé.

— Je ne pourrai rien lui faire, a-t-il affirmé. Ce que j'espère, c'est d'arrêter les gens qui sont responsables de son existence.

Je l'ai fixé, et il a soutenu mon regard. Je l'ai vu jeter un coup d'œil furtif à ma bouche.

— Et ensuite, a-t-il dit doucement, peut-être que les gens qui ont été blessés par la vague sombre, comme toi et moi… pourront passer à autre chose.

Ses mots étaient aussi doux que des feuilles silencieuses tombant sur la neige, alors que je me tenais devant lui, prisonnière de son regard. Ma poitrine faisait mal, comme si elle contenait trop d'émotions, et les libérer paraissait inconcevable : j'ignorais par où commencer.

Figée, j'ai vu Hunter se pencher plus près, et soudain, sa main se trouvait sur mon menton — elle était froide comme la glace —, et il a relevé mon visage. Oh, Déesse, ai-je songé. Il va m'embrasser. Nos yeux étaient rivés les uns aux autres, et encore une fois, j'ai ressenti ce lien que j'avais avec lui, son esprit et son âme. Une petite zone de chaleur sur ma gorge m'a rappelé que je portais le pentacle en argent de Cal autour de mon cou. J'ai cligné des yeux et j'ai entendu une voiture approcher. Réalisant alors ce que nous étions en train de faire, j'ai reculé avant de le pousser de mes mains.

— Arrête ! me suis-je exclamée.

Il m'a jeté une expression indescriptible.

— Je ne voulais pas, a-t-il dit.

Une portière de voiture s'est ouverte avant d'être fermée dans un fracas, puis d'être ouverte à nouveau, et j'ai entendu la voix de Mary K. crier « Bakker ! » Son ton était strident et alarmé.

Avant que la portière ne soit refermée violemment, j'ai piqué une course dans la cour arrière pour trouver Mary K., Hunter me suivant de près.

Bakker s'était garé devant notre maison. Dans la voiture, j'ai entrevu des bras et des jambes ainsi que la chevelure rousse de ma sœur. J'ai prestement ouvert la portière, et Mary K. est tombée à la renverse dans la neige, ses jambes toujours posées sur le siège de la voiture.

Hunter s'est penché pour venir en aide à Mary K. Des traces de larmes gelaient déjà sur le visage de ma sœur, et un des boutons de son manteau avait été arraché. Elle s'est mise à pleurer et à hoqueter à fois.

— M-M-Morgan, a-t-elle bégayé.

Je me suis penchée vers la voiture pour jeter un regard noir à Bakker.

— Espèce de salaud, ai-je fait d'une voix basse et mauvaise.

J'étais transie de rage. Si j'avais eu un athamé à ce moment-là, je l'aurais poignardé.

— Ne te mêle pas de ça, a-t-il d'un ton vexé.

Il portait des égratignures sur une joue.

— Mary K.! s'est-il écrié en remuant sur son siège comme s'il s'apprêtait à sortir de sa voiture. Reviens. Nous devons en parler.

— Si tu regardes ou touches ma sœur, lui parles ou te tiens près d'elle encore une fois, ai-je dit d'une voix très calme, je ferai en sorte que tu regrettes le jour de ta naissance.

Je ne me sentais ni effrayée ni paniquée; j'aurais voulu qu'il sorte de sa voiture pour m'attaquer afin de pouvoir le détruire.

Son visage est devenu rouge de colère.

— Tu ne me fais pas peur avec tes conneries de sorcière, a-t-il craché.

Un sourire diabolique s'est dessiné sur mon visage.

— Oh, tu devrais avoir peur, ai-je murmuré.

J'ai vu son visage perdre ses couleurs.

J'ai plissé les yeux pendant un instant avant de sortir la tête de la voiture et de claquer la portière.

Hunter nous observait à quelques mètres de là. Mary K. tenait son bras et elle a cligné des yeux avant de lui dire :

— Je te connais.

— Je suis Hunter, a-t-il dit pendant que la voiture de Bakker reculait de la cour dans un crissement de pneus.

— Viens, Mary K., ai-je dit en lui prenant le bras et en la guidant vers la maison.

Je ne voulais pas regarder Hunter — je tentais toujours de digérer notre quasi-baiser.

— Ça va ? ai-je demandé à Mary K. en la serrant contre moi pendant que nous grimpions l'escalier.

— Oui, a-t-elle répondu en tremblant. Amène-moi à l'étage.

— C'est comme si c'était fait.

— À plus tard, Morgan, a lancé Hunter. Je ne lui ai pas répondu.

13

Le cercle

Gìomanach est vivant. De retour des morts. Bon sang ! Avoir le chien de garde du Conseil supérieur à nos trousses pourrait tout gâcher. Je dois m'occuper de lui. C'est ma responsabilité.

Je vais serrer une braigh autour de son cou, et on verra comment il se sentira.

— Sgàth

Le lendemain, Mary K. a fait son entrée dans la salle familiale au moment où je recherchais des correspondances sur l'ordinateur. Il existait une douzaine de sites sur la Wicca en ligne, et j'aimais beaucoup naviguer de l'un à l'autre.

— Morgan ?

— Oui ? Hé !

Je me suis retournée vers elle. La tête basse, elle paraissait crispée et sans défense, ce qui ne lui ressemblait pas. J'ai cessé ma recherche pour la serrer dans mes bras.

— Pourquoi a-t-il fait ça ? a-t-elle murmuré, des larmes mouillant ses joues. Il dit qu'il m'aime, alors pourquoi essaie-t-il de me faire du mal ?

J'ai senti la rage bouillir en moi. Existait-il un type de sortilège que je pouvais jeter à Bakker pour lui apprendre une leçon ?

— Je ne sais pas, lui ai-je dit. Il n'accepte pas qu'on lui dise non. Et, d'une manière ou de l'autre, te faire du mal ne le dérange pas.

— Mais ça *le* dérange, s'est écriée Mary K. Il ne veut pas me faire de mal, mais il finit toujours par me blesser.

— S'il est incapable de se contrôler, il a besoin d'aide, ai-je dit lentement et avec précaution. Il doit être suivi par un thérapeute. Il va finir par tuer quelqu'un un de ces jours, une petite amie ou une épouse.

Je me suis libérée de notre étreinte pour regarder ma sœur dans les yeux.

— Et Mary K.? Cette victime ne sera pas toi. Tu comprends?

Elle m'a jeté un regard désespéré, ses yeux débordant de larmes. J'ai secoué gentiment ses épaules, une fois, deux fois, jusqu'à ce qu'elle hoche la tête.

— Ça ne sera pas moi, a-t-elle dit.

— C'est terminé cette fois-ci, ai-je dit. N'est-ce pas?

— Oui, a-t-elle dit en détournant le regard.

En mon for intérieur, j'ai lancé un juron.

— Tu veux le dire à papa et à maman ou tu veux que je m'en occupe? ai-je demandé vivement.

— Oh, euh…

— Je vais le leur dire, ai-je affirmé en partant à leur recherche.

À mes yeux, en gardant cet incident secret, il serait plus probable qu'il survienne à nouveau. Si mes parents le savaient, Mary K. aurait plus de difficulté à pardonner Bakker et à revenir avec lui.

Mes parents ont mal pris la nouvelle. Ils étaient fâchés contre moi de ne pas leur en avoir parlé plus tôt, furieux contre Mary K., qui avait continué à le fréquenter après son premier épisode de violence, et aux prises avec une rage meurtrière envers Bakker, ce qui m'a remonté le moral. Le tout s'est terminé par une accolade familiale, bercée de larmes et de sanglots.

Une demi-heure plus tard, je me suis rendue à une petite aire de la cour arrière que mes parents m'avaient accordée pour cultiver mon jardin. Le sol était trop dur pour être creusé, mais j'y ai planté des pieux auxquels j'ai accroché de la ficelle pour délimiter l'endroit où je planterais mes herbes au printemps. Puis, je me suis assise sur le sol enneigé pour tenter de méditer un instant, libérant mon esprit et envoyant de belles pensées à la terre sous moi, la remerciant d'être réceptive à mon jardin. Revigorée, j'ai gagné la maison pour trouver un sort à jeter à Bakker.

Bien entendu, en principe, je n'étais pas supposée user de sorcellerie. Je n'étais pas initiée et je n'étudiais la magye que depuis deux mois. Alors, je n'*allais* pas jeter un sortilège à Bakker. Mais l'information serait utile si le besoin survenait…

Encore une fois, nous avons mangé des sandwichs à la dinde pour dîner. Étant près du point de saturation du côté de la dinde, j'étais heureuse de voir qu'il ne restait presque plus de viande sur la carcasse.

— Tu as des plans pour ce soir ? m'a demandé maman.

— Cal va venir me prendre, ai-je dit. Puis, nous irons chez Ethan.

Maman a hoché la tête, et je pouvais pratiquement la voir comparer mon petit ami à celui de Mary K. D'un côté, Cal était un wiccan, mais de l'autre, il ne m'avait jamais fait de mal.

Au moment où Cal a appuyé sur notre sonnette, j'avais revêtu un pantalon de velours côtelé gris et la blouse de teinture batik pourpre qu'il m'avait donnée pour mon anniversaire. J'avais ramassé mes cheveux en une tresse française jusqu'à ma nuque et laissé le reste de ma chevelure dénouée. Lorsque je me suis regardée dans le miroir, j'ai constaté que mes joues roses me donnaient un air excité. J'étais presque jolie — une créature nettement différente de la Morgan que j'étais deux mois plus tôt, voire deux jours plus tôt. À présent, je savais que je n'étais pas une meurtrière. Je savais que je n'étais pas coupable. Je pouvais respirer à nouveau, et profiter de la vie sans que la mort de Hunter ne pèse sur moi.

— Salut ! ai-je lancé à Cal en enfilant mon manteau.

J'ai dit au revoir à mes parents, et j'ai descendu l'allée couverte de sel jusqu'à l'Explorer. Dans l'obscurité de la voiture, il s'est penché vers moi pour m'embrasser, et j'ai accueilli à bras ouverts l'intimité familière de son toucher, la faible odeur de l'encens sur son blouson, la chaleur de sa peau.

— Comment va Mary K. ?

— Couci-couça, ai-je dit en balançant ma main d'un côté à l'autre.

Je lui avais raconté en gros ce qui s'était passé la veille, en omettant la partie concernant Hunter.

— J'ai décidé de faire en sorte que chaque fois que Bakker parle, un crapaud ou un serpent s'échappe de sa bouche.

Cal a éclaté de rire avant de tourner sur la rue principale, qui nous mènerait chez Ethan.

— Tu es une assoiffée de sang, a-t-il dit avant de me jeter un regard sérieux. Aucun sortilège, OK ? Ou, sinon, viens m'en parler d'abord.

— Je vais essayer, ai-je répondu d'un ton exagérément vertueux.

Il a ri à nouveau.

Il s'est garé derrière la Beetle rouge de Robbie, devant la maison d'Ethan, et s'est tourné vers moi une nouvelle fois.

— J'ai l'impression de ne pas t'avoir vue depuis des jours.

Il a glissé sa main autour de mon cou et m'a tirée vers lui pour me donner un baiser à me faire perdre le souffle.

— Une seule journée, ai-je répliqué en répondant à son baiser.

— Je voulais te demander : comment as-tu trouvé mon *seòmar* ?

— Qu'est-ce qu'un shomar?

— *Seòmar*, a fait Cal en corrigeant ma prononciation. C'est un endroit privé, habituellement utilisé par une seule sorcière, pour faire de la magye. Un endroit différent de ceux où tu rencontres les autres.

— Est-ce que toutes les sorcières en ont un? ai-je demandé.

— Non. Cesse d'éviter ma question. Qu'as-tu pensé du *mien*?

— Eh bien, je l'ai trouvé un peu troublant, ai-je dit.

Je ne voulais pas le blesser, mais je ne voulais pas mentir non plus.

— Après un certain temps, je voulais sortir de là.

Il a hoché la tête avant d'ouvrir la portière et de sortir de la voiture. Nous avons franchi le trottoir menant à la petite maison à paliers en briques rustique d'Ethan.

— C'est normal, a-t-il dit d'un ton qui ne semblait pas offusqué. Je suis le seul à avoir travaillé là et j'y ai fait des trucs intenses. Je ne suis pas surpris que la pièce t'ait semblé un peu inconfortable.

J'ai perçu le soulagement dans sa voix.

— Tu t'y habitueras rapidement.

Pendant qu'il actionnait la sonnette, je me suis demandé si je voulais m'y habituer.

— Hé, mec, a fait Ethan. Entre donc.

C'était ma première visite chez Ethan : avant de faire partie de la même assemblée, nous n'avions jamais socialisé après ou durant les heures d'école. Sa maison était modeste, mais en ordre ; les meubles étaient usés, mais bien soignés. Soudain, deux petites boules de la couleur des abricots ont surgi du couloir en jappant frénétiquement, et j'ai reculé de quelques pas.

Assise sur le divan, Jenna a éclaté de rire.

— Ici, les petits chiots, les a-t-elle appelés.

Les deux petits chiens ont couru dans sa direction, haletant de joie, et Jenna leur a donné chacun une croustille de maïs. De toute évidence, elle était déjà venue chez Ethan et connaissait ses chiens. Une autre surprise.

— Je n'aurais jamais cru que tu étais du genre à avoir des Loulous nains, a dit Cal à Ethan avec une expression sérieuse.

— Ils appartiennent à ma mère, a dit Ethan avant d'en attraper un sous chaque bras pour les mener à l'autre bout du couloir.

Robbie est sorti de la cuisine en grignotant une croustille. Matt est arrivé le dernier, et nous sommes descendus au sous-sol, qui avait été transformé en une grande salle familiale.

— Sharon n'est toujours pas de retour ? ai-je demandé en aidant Ethan à pousser les meubles.

— Non, elle est toujours à Philadelphie, a-t-il dit.

Il a repoussé des mèches hirsutes de ses yeux.

Une fois que le mobilier a été poussé hors de notre chemin, Cal a commencé à sortir ses outils wiccans de sa sacoche de cuir.

— Hé, Jenna, a dit Matt, puisqu'elle l'avait ignoré au rez-de-chaussée.

Son apparence habituellement si soignée était en chute libre depuis les derniers jours : ses cheveux n'étaient pas lissés, ses vêtements n'avaient pas été choisis soigneusement.

Jenna l'a regardé droit dans les yeux avant de détourner le regard, son visage vide de toute expression. Matt a tressailli. J'avais toujours considéré Jenna comme une personne ayant besoin de beaucoup d'attention et étant dépendante de Matt, mais je commençais à soupçonner qu'en fait, elle était la plus forte des deux.

— Mercredi dernier, je vous ai demandé de choisir vos correspondances, a commencé Cal pendant que nous nous installions sur le plancher près de lui. Quelqu'un a réussi ?

Jenna a hoché la tête.

— Je pense que oui, a-t-elle dit d'une voix ferme.

— Nous t'écoutons, s'est exclamé Cal.

— Mon métal est l'argent, a-t-elle commencé en nous montrant le bracelet en argent sur son poignet. Ma pierre est le quartz rose. Ma saison est le printemps. Mon signe est Poissons. Ma rune est Neid.

Elle a levé la main pour dessiner le symbole de Neid dans les airs.

— C'est tout ce que j'ai.

— C'est déjà beaucoup, a dit Cal. Bon travail. Ta rune, qui représente le retard et le besoin de patience, est très appropriée.

Il a fouillé dans sa sacoche pour en extirper un morceau carré de quartz rose de la taille d'un œuf. La pierre était pâle, en grande partie transparente et non laiteuse, et des fissures et des imperfections ressemblant à des carreaux cassés se trouvaient à l'intérieur. À mes yeux, la pierre ressemblait à du champagne rosé, figé dans le temps. Cal l'a remise à Jenna.

— C'est pour toi. Tu l'utiliseras pour tes sortilèges.

— Merci, a dit Jenna en l'observant de près, satisfaite.

— Ta rune, Neid, prendra aussi de l'importance. Tu peux l'utiliser à titre de signature, dans tes sortilèges ou dans tes notes et tes lettres.

Jenna a hoché la tête.

Toujours assise, je me suis avancée. C'était vraiment génial — la partie que j'aimais profondément à propos de la Wicca. Dans mes livres sur la Wicca, l'utilisation de quarts revenait constamment dans les sortilèges. Plus particulièrement le quartz rose, qui servait à promouvoir l'amour, la paix et la guérison — trois choses pouvant servir à Jenna.

— Robbie ? a demandé Cal.

— Ouais, a-t-il fait. Eh bien, je suis Taureau, ma rune est Eoh, le cheval, qui symbolise également le voyage ou le changement. Mon métal est le cuivre. Mon herbe est l'armoise vulgaire. Ma pierre est l'émeraude.

— Intéressant, a lancé Cal avec un grand sourire. C'est très intéressant. Vous avez fait du bon boulot pour trouver vos essences à l'aide de vos sens. Robbie, je n'avais même pas associé l'émeraude à toi, mais dès que tu l'as mentionnée, j'ai pensé : « Ouais, bien sûr. »

Il a fouillé dans son sac et a rejeté plusieurs pierres avant d'en extirper une.

— C'est une émeraude brute, a-t-il dit en la tendant vers Robbie.

La pierre était de la taille d'une plaquette de beurre, un morceau foncé, un peu vert, dans sa main.

— Ne t'excite pas trop vite : elle n'est pas de qualité gemmifère. Aucun bijoutier ne te l'achèterait. Fais-en bon usage, a dit Cal.

Ses paroles me rappelaient vaguement la communion à l'église. Cal a poursuivi :

— L'émeraude est une bonne pierre pour attirer l'amour et la prospérité, pour renforcer la mémoire, pour protéger celui qui l'utilise et aussi pour améliorer sa vision.

Robbie s'est tourné vers moi en remuant les sourcils. Jusqu'à il y avait environ un mois, il avait porté des lunettes épaisses. Ma potion de guérison avait eu un effet inattendu sur sa vision : elle l'avait perfectionnée.

— Alors est-ce que ton sac contient toutes les pierres possibles et imaginables ? a demandé Ethan.

Cal lui a adressé un grand sourire.

— Pas toutes, mais un ou deux morceaux des pierres plus typiques.

Je m'étais posé la même question.

— OK, Matt ? l'a poussé Cal.

Matt a avalé sa valise.

— Je suis Gémeaux, a-t-il annoncé. Ma rune est Jera. Ma pierre est la tourmaline.

— Jera pour le karma, une nature cyclique, les saisons, a affirmé Cal. Et la tourmaline.

— Celle à deux couleurs, a dit Matt.

— Elle porte le nom de tourmaline melon d'eau, a expliqué Cal avant d'en sortir une de son sac.

Elle ressemblait à un quartz de format hexagonal d'une longueur d'environ quatre centimètres et aussi épais qu'un crayon. Une extrémité était verte, le centre était transparent et l'autre extrémité était rose. Cal l'a remise à Matt en lui disant :

— L'utilisation de cette pierre apporte de l'équilibre. Fais-en bon usage.

Matt a hoché la tête et a retourné la pierre dans sa main.

— Je peux être le suivant, a affirmé Ethan. Je connais les correspondances de Sharon… Devrais-je vous les dire ?

Cal a secoué la tête.

— Elle nous les dira lors du prochain cercle ou à l'école.

— OK. Alors voici les miennes, a commencé Ethan. Je suis Vierge. Ma saison est l'été. Ma pierre est le jaspe brun. Je n'ai pas de plante ou rien. Mon parfum préféré de bonbon à la gelée est pomme sûre.

— OK, a dit Cal en souriant. Bien. Je pense que j'ai un morceau de jaspe brun… un instant.

Il a regardé les pierres dans son sac avant d'en extirper une semblable à de la racinette solidifiée.

— Voilà. Le jaspe brun est particulièrement bon pour aider à garder les deux pieds sur terre.

Ethan a hoché la tête en observant sa pierre.

— Je pense que ta rune devrait être… a commencé Cal en étudiant pensivement Ethan pendant que nous attendions. Beorc.

Pour un renouveau, une renaissance. Ça te va ?

— Ouais, a dit Ethan. Beorc. Cool.

Cal s'est tourné vers moi en me réservant un regard spécial.

— La dernière et non la moindre ?

— Je suis sur la pointe du Scorpion et du Sagittaire, ai-je dit, mais je suis surtout Sagittaire. Mon herbe est le thym. Ma rune est Othel, qui signifie une maison ancestrale, un droit d'aînesse. Ma pierre est l'héliotrope.

J'ai peut-être été la seule à voir les pupilles de Cal se dilater et se contracter l'espace d'un instant. Mon choix était-il erroné ? Peut-être aurais-je dû lui faire part de mes idées d'abord, ai-je songé avec incertitude. J'étais pourtant si sûre de mes choix.

Cal a laissé tomber une pierre invisible dans son sac — je l'ai entendue émettre un léger claquement.

— L'héliotrope, a-t-il dit comme s'il testait le mot.

Mes yeux ont rencontré les siens, et il m'a regardée.

— L'héliotrope, a-t-il répété.

— Quelles sont ses propriétés ? a demandé Jenna.

— C'est une pierre très ancienne, a dit Cal. Elle est utilisée pour faire de la magye depuis des milliers d'années pour donner de la force aux guerriers durant la bataille et aider les femmes à donner naissance. On dit qu'elle peut servir à briser des liens, à ouvrir des portes et même à franchir des barrières.

Il s'est interrompu avant de fouiller encore une fois dans sa sacoche pour en tirer une grosse pierre verte, lisse et polie. Lorsqu'il la penchait d'un côté ou de l'autre, je pouvais apercevoir de minuscules mouchetures rouge sang dans l'obscurité de la pierre.

— L'héliotrope, a répété Cal en l'examinant. Sa planète dominante est Mars, qui lui prête ses qualités de force, de guérison, de protection, d'énergie sexuelle et de magye impliquant les hommes.

Jenna m'a adressé un grand sourire et j'ai senti la rougeur gagner mes joues.

— C'est une pierre de feu, a poursuivi Cal, et sa couleur est le rouge. Tu peux l'utiliser dans tes sortilèges pour augmenter le courage, la puissance magyque, la fortune et la force.

Ses yeux ont rencontré les miens.

— Très intéressant.

Il m'a jeté la pierre et je l'ai attrapée. Elle était lisse et chaude dans ma main. J'avais trouvé un autre héliotrope parmi les articles dans la boîte d'outils de Maeve. Maintenant, j'en avais deux.

— OK, formons un cercle à présent, a dit Cal en se levant.

Il a rapidement dessiné un cercle, et nous l'avons aidé à le sanctifier : nous l'avons purifié en invoquant les quatre éléments, la Déesse et Dieu, et nous avons joint nos mains dans le cercle. Sans Sharon, nous étions seulement six. J'ai jeté un coup d'œil à la ronde pour réaliser que ces gens étaient devenus un peu comme ma deuxième famille.

Chacun d'entre nous tenait sa pierre dans sa paume droite, recouverte par la paume gauche de son voisin. Nous avons avancé dans le cercle en chantant. Dans l'attente impatiente de la montée d'énergie ardente qui me gagnait toujours dans un cercle, je me suis déplacée en observant le visage de tout le monde. Leur expression était attentive, concentrée — peut-être encore plus que lors des cercles précédents, leurs pierres aidant. Jenna était ravissante, éthérée à mesure que la joie gagnait ses traits. Pensivement, elle m'a jeté un regard à la dérobée, et je lui ai souri en attendant que ma propre magye m'emporte.

Ça n'a pas été le cas. Il m'a fallu du temps pour réaliser que je la retenais délibérément. Je ne me laissais pas aller, je ne capitulais pas devant la magye. La raison m'est venue à l'esprit : je ne me sentais pas en sécurité. Je ne pouvais pas expliquer pourquoi : je savais seulement que je ne me sentais pas en sécurité. Ma propre magye est demeurée étouffée, et elle n'a pas été l'effusion énorme de puissance qu'elle était habituellement. J'ai pris une grande respiration et j'ai accordé ma confiance à la Déesse. S'il existait un danger que je ne pouvais percevoir, j'espérais qu'elle prendrait soin de moi.

Graduellement, Cal nous a ramenés sur terre, et à mesure que l'énergie ralentissait, les membres de mon assemblée se sont tournés vers moi, l'air d'attendre quelque chose. Ils étaient habitués de me voir devoir reprendre racine après un cercle, mais cette fois, lorsque j'ai secoué la tête, ils ont paru surpris. Cal m'a jeté un regard inquisiteur, mais je me suis contentée de hausser les épaules.

Puis, Jenna a lancé :

— Je me sens un peu malade.

— Assieds-toi, a dit Cal en s'approchant d'elle. Reprends racine. Vous ressentez peut-être des sensations rehaussées en raison de vos pierres et du travail d'introspection que vous avez fait cette semaine.

Cal a aidé Jenna à s'asseoir en tailleur sur le tapis, son front et ses mains à plat contre le sol. Il a saisi son morceau de quartz rose et l'a déposé sur sa nuque mince, exposée puisque ses cheveux blond cendré étaient tombés de chaque côté.

— Respire, a-t-il dit doucement en tenant une main posée dans son dos. Tout va bien. Tu entres simplement en contact avec ta magye.

Robbie s'est aussi assis en adoptant la même position. C'était incroyable. Les autres atteignaient finalement le type d'énergie magyque qui me submergeait depuis le début. En oubliant mes propres émotions étranges, j'ai rencontré les yeux de Cal et j'ai souri. Notre assemblée prenait forme.

Une heure plus tard, Cal a mis fin au cercle. Je me suis levée et j'ai récupéré mon manteau dans le couloir.

— Excellent cercle ce soir, tout le monde, a dit Cal, et tout le monde a répondu en hochant la tête avec enthousiasme. L'école recommence lundi, et nous serons tous distraits par nos autres activités, alors il faut essayer de demeurer concentrés. Je pense que ce sera plus facile pour vous maintenant que vous avez vos pierres. Et n'oubliez pas, nous avons une assemblée rivale : Kithic. Et Kithic travaille avec des sorcières en qui nous ne pouvons pas avoir confiance, qui ont leur propre plan. Pour votre propre bien, je vous demande de vous tenir loin de quiconque lié à ces sorcières.

J'ai lancé un regard surpris à Cal. Il n'avait pas mentionné son intention de nous dire ça, mais j'ai supposé que c'était normal, étant donné le lien entre Hunter et Sky, et Sky et Kithic.

— Nous ne pouvons pas être amis avec eux ? a demandé Jenna.

Cal a secoué la tête.

— Ça pourrait être dangereux. Soyez prudents, tout le monde, et si vous ressentez quelque chose d'étrange ou des émotions que vous n'arrivez pas à comprendre, dites-le-moi tout de suite.

— Tu veux dire, des sortilèges ? a demandé Ethan en fronçant les sourcils. Comme, s'ils nous jettent des sorts ?

— Je ne pense pas que ça va arriver, a rapidement répondu Cal en levant les mains. Je vous demande seulement d'être sur vos gardes et de venir me voir s'il se passe quelque chose, même si cela semble sans importance.

Robbie a jeté un regard impassible à Cal. Je doutais qu'il projette de cesser de voir Bree. Matt semblait complètement déprimé. On aurait dit qu'il n'avait aucun choix quand il était question de Raven : elle voulait le voir et, jusqu'à présent, il avait été incapable de dire non.

Cal et moi nous sommes dirigés vers sa voiture, et je suis demeurée silencieuse, plongée dans mes pensées.

14

Découverte

Décembre 2000

Ma requête pour devenir investigateur s'est rendue au sommet. Hier, j'ai rencontré les sept anciens du Conseil. Ils ont rejeté ma demande à nouveau. Que vais-je faire maintenant ?

Je dois freiner ma colère. La colère ne me sera d'aucune utilité ici. Je vais demander à oncle Beck d'intercéder en ma faveur. Entre-temps, je suis des cours avec Nera Bluenight, de Calstythe. Sous sa supervision, je pourrai mieux contrôler mes émotions et ainsi faire une nouvelle requête auprès du Conseil.

— Giomanach

Dimanche matin, j'ai réalisé qu'une semaine plus tôt, j'avais eu dix-sept ans. En y réfléchissant, je me rendais compte que mon anniversaire avait été une journée extrêmement malheureuse : tenter d'agir normalement tout en revivant l'horreur de la chute de Hunter, mon désarroi devant les blessures de Cal, la perte temporaire de ma magye. Cette semaine-ci se passait beaucoup mieux. Grâce à la Déesse et à Dieu, Hunter était vivant. J'étais rassurée de savoir qu'il n'était pas maléfique par nature — et moi non plus. Pourtant, il restait toujours des graves problèmes non résolus dans ma vie. Des questions au sujet de Cal et de ce qu'il me cachait ou pas ; des questions sur moi et sur la profondeur de mon engagement envers Cal, envers la Wicca même…

Je me suis rendue à l'église avec ma famille parce que je savais que ma mère aurait fait tout un plat si je tentais de me défiler un deuxième dimanche d'affilée, et je n'étais pas prête à livrer cette bataille. Je suis passée à travers la messe dans un état de somnambule, mon esprit occupé à tourner et à retourner des idées. J'avais l'impression d'être deux personnes : catholique et athée. Membre de ma famille et étrangère. Amoureuse de Cal, mais sur mes gardes. Détestant Hunter, pourtant débordante de joie de savoir qu'il était vivant. Toute ma vie était un méli-mélo, et j'étais divisée en deux.

Lorsque le moment de la communion est venu, je me suis glissée hors de notre banc comme si je me dirigeais vers la toilette. Je me suis tenue debout dans le couloir exposé aux courants d'air derrière le cagibi de l'organiste pendant deux minutes avant de me mêler à la file de gens qui venaient de communier. J'ai gagné mon siège, essuyant mes lèvres comme si je venais de prendre une gorgée du calice. Ma mère m'a jeté un regard inquisiteur, mais je suis demeurée silencieuse. Calée dans le banc, j'ai laissé mes pensées dériver encore une fois.

Soudain, la voix mugissante de l'abbé Hotchkiss m'a fait sursauter. De sa chaire, il a tonné :

— La réponse se trouve-t-elle en nous ou ailleurs ?

Cette question m'a transpercée comme un éclair. Je l'ai fixé du regard.

— En ce qui nous concerne, a poursuivi l'abbé Hotchkiss, la réponse est les deux. Les réponses se trouvent en nous, puisque notre foi nous guide dans la vie, et ailleurs, dans la vérité et le réconfort qu'offre l'église. La prière est la réponse dans les deux cas. C'est par la prière que nous établissons un lien avec notre Créateur, par la prière que nous réaffirmons notre croyance en Dieu et en nous.

Il a pris une pause, et les bougies derrière lui ont semblé éclairer la nef en entier.

— Allez à la maison, a-t-il poursuivi, priez Dieu de façon réfléchie et demandez-Lui de vous guider. Vous obtiendrez vos réponses dans la prière.

— OK, ai-je soupiré.

L'orgue s'est mis à jouer et nous nous sommes levés pour entonner un hymne.

Après la messe, ma famille est allée déjeuner chez Widow's Diner, comme à l'habitude, avant de rentrer à la maison. Dans ma chambre, je me suis assise sur mon lit. Il était temps de faire le bilan de ma vie, de décider quelle direction je prendrais. Je voulais suivre la voie de la Wicca, mais je savais que ce serait difficile. Cette voie exigerait un plus grand engagement de ma part que les efforts que j'y consacrais actuellement. La Wicca devait s'imbriquer dans les cycles quotidiens de ma vie. Je devais vivre attentivement chaque instant.

Les wiccans sérieux conservaient de petits autels à la maison — des endroits où ils pouvaient méditer, allumer des bougies ou faire des offrandes à la Déesse et à Dieu, comme celui dans le *seòmar* de Cal. Je voulais ériger un autel dès que possible. De plus, je pratiquais la méditation à l'occasion, mais dorénavant, je devais prévoir du temps pour le faire chaque jour.

Je me suis sentie mieux simplement en prenant ces décisions — elles seraient des manifestations extérieures de mon rapport à la Wicca et de mon héritage de sorcière. Mais je devais déclencher une autre manifestation extérieure. Rapidement, j'ai revêtu un jean et un pull molletonné. Dès que la voie a été libre, j'ai récupéré les outils de Maeve cachés derrière la bouche d'aération et j'ai jeté mon manteau sur la boîte.

— Je vais faire un tour en voiture, ai-je dit à maman au rez-de-chaussée.

— OK, ma chérie, a-t-elle répondu. Conduis prudemment.

— OK.

À bord de Das Boot, j'ai déposé mon manteau sur le siège à mes côtés et j'ai démarré le moteur. Quelques minutes plus tard, je m'approchais des abords de la ville.

Des fermes et des bois bordaient Widow's Vale. Dès que nous avions obtenu notre permis de conduire l'année précédente, Bree, Robbie et moi avions fait de nombreuses randonnées d'une journée en voiture pour explorer la région, à la recherche d'étangs où se baigner et d'endroits où passer du bon temps. Je me souvenais d'un endroit pas trop loin — une zone non développée, déboisée pour obtenir du bois d'œuvre au cours des années 1800 et maintenant couverte d'un peuplement d'arbres de seconde venue. Je me suis dirigée dans cette direction en tentant de me souvenir des virages et des embranchements et de repérer des points familiers.

Bientôt, j'ai aperçu un champ dont je me rappelais et j'ai engagé Das Boot dans cette direction avant d'enfiler mon manteau. J'ai laissé la voiture en bordure de la route, j'ai pris la boîte de Maeve et j'ai traversé le champ pour pénétrer dans les bois. Lorsque j'ai retrouvé le ruisseau de mes souvenirs, j'ai senti l'exultation me gagner, et j'ai béni la Déesse de m'avoir menée là.

Après avoir suivi le ruisseau pendant dix minutes, je suis parvenue à une petite clairière. Lorsque nous l'avions trouvée l'été précédent, nous l'avions vue comme un endroit magyque, débordant de fleurs sauvages, de libellules et d'oiseaux. Robbie, Bree et moi nous étions étendus face au soleil, mâchonnant des brins d'herbe. Ç'avait été une journée dorée, libre de toute préoccupation. Aujourd'hui, j'y retournais pour prendre part à la magye de la clairière encore une fois.

À cet endroit, la neige était profonde — elle n'avait jamais été pelletée, bien entendu, et seuls des pas d'animaux, à peine visibles, la troublaient. Une grosse pierre à la bordure de la clairière servirait de table pratique. J'y ai déposé la boîte d'outils de Maeve et l'ai ouverte. Cal m'avait expliqué que les sorcières portaient des robes de cérémonie plutôt que leurs vêtements réguliers pendant les rites magyques parce que leurs vêtements transportaient toutes les vibrations nerveuses et mouvementées de leurs vies. Lorsque j'avais revêtu la robe de cérémonie de Maeve et utilisé ses outils quelques jours plus tôt, j'avais eu un mal de cœur et je m'étais sentie confuse. Aujourd'hui, j'ai réalisé que c'était probablement dû aux vibrations contradictoires de ma vie et de ma magye.

L'abbé Hotchkiss nous avait conseillé de prier, de chercher les réponses en nous avant de nous attaquer aux problèmes extérieurs. J'allais suivre son conseil, mais en l'appliquant à ma vie de sorcière.

Heureusement pour moi, c'était une autre journée anormalement chaude. L'air autour de moi était chargé du bruit de petites goulettes d'eau qui se formaient à mesure que la neige fondait. J'ai retiré mon manteau, mon pull molletonné et mon maillot de corps.

Il faisait chaud considérant que nous étions à la fin de l'automne, mais ce n'était tout de même pas l'été. Je me suis mise à trembler et j'ai rapidement enfilé la robe de Maeve. Elle est retombée jusqu'à la mi-mollet. J'ai délacé mes bottes, j'ai retiré mon jean et même mes chaussettes.

J'ai jeté un regard misérable à mes chevilles nues, à mes pieds ensevelis sous la neige. Je me suis demandé pendant combien de temps j'aurais le courage de supporter cela.

Puis, j'ai réalisé que je ne ressentais plus la moindre parcelle de froid.

Je me sentais bien.

Prudemment, j'ai soulevé un pied ; il paraissait rose et heureux de son sort, comme si je venais de sortir de la baignoire. Je l'ai touché. Il était chaud. Pendant que je m'étonnais de cette découverte, j'ai senti une zone concentrée d'irritation sur ma gorge. Je l'ai tâtée pour tomber sur le pentacle d'argent que Cal m'avait donné des semaines plus tôt. J'étais tellement habituée de le porter que je ne le remarquais plus, mais à présent, il était épineux, irritant.

Avec regrets, je l'ai retiré pour le déposer sur la pierre avec le reste de mes affaires. Ah. J'étais maintenant complètement à l'aise, revêtue uniquement de la robe de ma mère.

Soudain, j'ai voulu chanter de joie. J'étais complètement seule dans les bois, enveloppée de l'étreinte chaude et aimante de la Déesse. Je me savais sur la bonne voie, et cette réalisation me rendait euphorique.

J'ai déposé les quatre gobelets du compas. J'ai placé de la neige dans un gobelet avant de saisir une bougie. Feu, ai-je pensé, *flamme*, et la mèche brûlée s'est enflammée. J'ai utilisé cette bougie pour faire fondre la neige en eau. C'était plus difficile de trouver de la terre, mais j'ai creusé un trou dans la neige et j'ai gratté le sol gelé à l'aide de mon athamé. J'avais apporté de l'encens pour l'air et, bien entendu, j'ai utilisé la bougie pour le feu.

Au moyen d'un bâton, j'ai tracé un cercle dans la neige puis j'ai invoqué la Déesse. Assise sur la neige, aussi à l'aise qu'un lièvre arctique, j'ai fermé les yeux et me suis laissée sombrer, passant d'une couche à l'autre de la réalité. J'étais là en sécurité ; je pouvais le sentir. J'étais en communion directe avec la nature et la force vitale qui existe en chaque chose.

Lentement, graduellement, j'ai senti que d'autres forces vitales et d'autres esprits se joignaient à moi. Le grand chêne me prêtait sa force ; le pin, sa flexibilité. J'ai puisé la pureté dans la neige, et la curiosité dans le vent. Les faibles rayons du soleil m'ont donné toute la chaleur possible. J'ai senti le faible et lent battement de cœur d'un écureuil en hibernation, et de lui, j'ai appris la retenue. Une maman renarde et ses petits se reposaient dans leur tanière, et d'eux, j'ai tiré l'avide appétit de survie. Les oiseaux m'ont donné leur rapidité et leur jugement, et le raclement profond et constant de la force vitale de la terre m'a remplie d'une joie calme et d'un sens étrange d'attente.

Je me suis levée et j'ai étiré mes bras nus sur les côtés. Encore une fois, la chanson ancienne est montée en moi, et j'ai laissé ma voix remplir la clairière pendant que je tourbillonnais dans un cercle de célébration.

Les deux fois précédentes où j'avais entonné le chant, les mots gaéliques m'avaient paru comme étant un appel au pouvoir pour qu'il descende en moi. Pour la première fois, j'ai remarqué qu'il s'agissait aussi d'un lien direct entre moi et Maeve, entre Maeve et Mackenna, entre Mackenna et sa mère, dont le nom, Morwen, s'affichait en moi. J'ignore combien de temps j'ai tourbillonné dans un kaléidoscope de cercles, ma robe tournoyant, mes cheveux volant dans mon dos, mon corps débordant du pouvoir de milliers d'années de sorcellerie. Je chantais, je riais, et j'avais l'impression de pouvoir tout faire au même moment : je pouvais danser et chanter et réfléchir et voir les choses avec une clarté étonnante. Contrairement à la dernière fois, je n'ai senti ni malaise ni maladie — j'ai ressenti uniquement une tempête euphorique de pouvoir et de connectivité.

Je fais partie de Belwicket, ai-je pensé. Je suis une sorcière Riordan. Les bois et la neige ont disparu autour de moi pour être remplacés par des vallées vertes, usées par le temps et les intempéries. Une femme au visage simple et ridé s'est avancée vers moi. Mackenna. Elle tenait des outils — des outils de sorcière — qu'une jeune femme coiffée d'une couronne de trèfles a pris. Maeve. Puis, Maeve s'est retournée pour me les tendre, et j'ai vu ma main s'avancer pour les saisir. En les tenant, je me suis tournée à mon tour pour les remettre à une grande fille au teint pâle dont les yeux noisette débordaient d'excitation, de peur et d'impatience. Ma fille, celle que j'aurais un jour. Son nom a fait écho dans mon esprit : Moira.

Ma poitrine s'est gonflée de stupéfaction. Je savais qu'il était temps de laisser le pouvoir partir. Mais que faire avec lui, où diriger ce pouvoir capable de déraciner les arbres et de faire saigner les pierres ? Devrais-je le diriger vers l'intérieur et le conserver jusqu'à ce que j'en aie besoin ? Mes propres mains pourraient être des instruments de magye ; mes yeux pourraient devenir des éclairs.

Non. Je savais quoi faire. En enfonçant mes pieds dans la neige retournée sous moi, j'ai balancé mes bras sur les côtés à nouveau pour freiner mon tourbillon.

— Je t'envoie ce pouvoir, Déesse! ai-je crié, la voix enrouée après le chant. Je te l'envoie en guise de remerciement et de bénédiction. Puisses-tu transmettre ce pouvoir pour le bien, comme ma mère, sa mère et des générations de sorcières. Prends ce pouvoir : c'est mon cadeau pour te remercier de tout ce que tu m'as donné.

Soudain, je me suis trouvée dans le tourbillon d'une tornade. Mon souffle a été arraché de mes poumons, et, haletante, je suis tombée à genoux. Le vent m'a prise dans une étreinte, et je me suis sentie écrasée sous le poids de bras forts. Un grand fracas de tonnerre a grogné dans mes oreilles, me laissant tremblante et secouée dans le silence qui a suivi ; ma tête inclinée vers la neige et mes cheveux mouillés par la transpiration.

J'ignore combien de temps je suis restée accroupie là, rabaissée par le pouvoir que j'avais moi-même évoqué. J'avais laissé la Morgan du matin derrière et l'avais remplacée par une nouvelle Morgan plus forte ;

une Morgan possédant une nouvelle foi et un pouvoir réellement énorme, consenti par la Déesse en personne.

Lentement, ma respiration s'est stabilisée; lentement, j'ai senti le silence normal des bois remplir mes oreilles. À la fois épuisée et en paix, j'ai levé les yeux pour voir si l'équilibre même de la nature avait changé.

Devant moi était assise Sky Eventide.

15

Visions

Février 2001

Ils m'ont enfin accepté. Je suis la plus récente personne à devenir membre du Conseil supérieur — et la plus jeune, le membre le plus jeune du troisième groupe. Je travaille aux côtés de plus d'un millier d'autres personnes pour faire respecter la loi wiccane. Mais le rôle qu'on m'a donné est celui d'investigateur, tel que je l'ai demandé. On m'a donné des outils — la braigh et les livres, et Kennet Muir sera mon mentor. Nous avons passé la dernière semaine à réviser mes responsabilités.

On m'a maintenant attribué ma première tâche. Un homme à Cornwall a été accusé de rendre malades et de causer la mort des vaches à lait de son voisin. Je me rends là-bas aujourd'hui pour faire enquête.

Athar m'a offert de venir avec moi. Je ne lui ai pas exprimé à quel point son offre m'a soulagé, mais *j'ai vu qu'elle a compris malgré tout. Elle est une bonne amie pour moi.*

— *Giomanach*

Sky était perchée sur une souche couverte de neige, à environ cinq mètres de moi. Ses yeux étaient comme des piscines noires en forme d'amandes. Son teint était pâli par le froid, et elle était immobile, comme si elle attendait depuis un bon moment. Avec un certain retard, mes sens ont pris conscience de sa présence.

Avec désinvolture, elle a balayé un de ses genoux avant d'entrelacer ses doigts.

— Qui es-tu ? a-t-elle demandé pour entamer la conversation.

Son accent britannique était aussi froid et vif que la neige autour de nous.

— Morgan, me suis-je surprise à répondre.

— Non. Qui *es*-tu ? a-t-elle répété. Tu es la sorcière la plus puissante que j'aie jamais rencontrée. Tu n'es pas une étudiante non initiée. Tu es un véritable et puissant canal de pouvoir. Alors qui es-tu et pourquoi es-tu ici ? Et peux-tu nous aider, mon cousin et moi ?

Soudain, j'ai été refroidie. La vapeur s'échappait de moi en des vagues visibles. Ma peau était humide et devenait moite de sueur, et je me sentais vulnérable, *nue* sous ma robe.

En tenant Sky à l'œil, j'ai rapidement défait mon cercle et j'ai rangé mes outils. Puis, je me suis assise sur le rocher pour m'habiller, en tentant de paraître décontractée, comme si le fait de m'habiller devant quelqu'un qui était pratiquement une étrangère faisait partie de mon quotidien. Sky a attendu, son regard fixé sur moi. J'ai plié la robe de Maeve et l'ai replacée dans ma boîte avant de me retourner vers Sky.

— Que veux-tu ? ai-je demandé. Depuis combien de temps m'espionnes-tu ?

— Assez longtemps pour me demander qui tu peux bien être, a-t-elle dit. Es-tu réellement la fille de Maeve de Belwicket ?

Je l'ai regardée sans lui répondre.

— Quel âge as-tu ?

Une question apparemment inoffensive.

— Je viens d'avoir dix-sept ans.

— Avec qui as-tu étudié ?

— Tu sais avec qui. Cal.

Elle a plissé les yeux.

— Qui d'autre ? Qui d'autre avant Cal ?

— Personne, ai-je dit, surprise. J'ai seulement appris l'existence de la Wicca il y a trois mois.

— C'est impossible, a-t-elle marmonné. Comment peux-tu convoquer le pouvoir ? Comment peux-tu utiliser ces outils sans être détruite ?

Soudain, je voulais lui répondre ; je désirais partager avec elle ce que je venais de vivre.

— Je… Le pouvoir vient naturellement. Il *souhaite* venir à moi. Et les outils… sont à moi. Ils sont là pour que je les utilise. Ils *veulent* que je les utilise. Ils me font signe.

Sky a poussé un soupir.

— Qui es-*tu* ? ai-je demandé en me disant qu'il était temps qu'elle réponde à quelques questions aussi. Je sais que tu te nommes Sky Eventide, que tu es originaire de l'Angleterre, que tu es la cousine de

Hunter et qu'il t'appelle Athar, ai-je dit en me remémorant ce que j'avais appris durant le *tàth* avec Hunter. Vous avez grandi ensemble.

— Oui.

— Que fabriques-tu avec Bree et Raven ? lui ai-je demandé.

Après une pause, elle a répondu :

— Je ne te fais pas confiance. Je ne veux pas te confier d'information que tu pourrais divulguer à Cal et à sa mère.

J'ai croisé les bras sur ma poitrine.

— Pourquoi es-tu ici ? Comment savais-tu où me trouver ? Pourquoi Hunter et toi m'espionnez-vous constamment ?

Des émotions conflictuelles se sont suivies sur le visage de Sky.

— J'ai ressenti une force d'attraction puissante, a-t-elle dit. Je suis venue voir de quoi il s'agissait. J'étais dans ma voiture, en route vers le nord, quand je l'ai soudainement ressentie.

— Je n'ai pas confiance en toi non plus, ai-je dit d'un ton neutre.

Nous nous sommes dévisagées pendant de longues minutes, là, dans les bois.

Parfois, j'entendais des mottes de neige tomber des branches ou le battement d'ailes rapide des oiseaux. Mais nous étions dans notre monde privé, Sky et moi, et je savais que peu importe ce qui arriverait, cette rencontre aurait des conséquences très importantes.

— J'apprends à Bree, à Raven, à Thalia et aux autres les principes de base de la Wicca, m'a indiqué Sky avec raideur. Si je leur ai parlé du côté obscur, c'était seulement pour leur protection.

— Pourquoi es-tu en Amérique ?

Elle a soupiré à nouveau.

— Hunter devait venir ici au nom du Conseil. Il t'a raconté qu'il fait de la recherche au sujet de la vague sombre, n'est-ce pas ? Il combine sa recherche à ses responsabilités d'investigateur. Je m'inquiète pour lui — tout comme le reste de notre famille. Il s'aventure sur des sentiers dangereux, et nous ne voulons pas qu'il lui arrive du mal. Alors, j'ai offert de lui tenir compagnie.

Au souvenir des responsabilités de Hunter au sein du Conseil, j'ai senti mes poings se serrer.

— Pourquoi enquête-t-il sur Cal et Selene?

Sky m'a regardée d'un air calme.

— Le Conseil supérieur soupçonne qu'ils font une mauvaise utilisation de leurs pouvoirs.

— De quelle façon? me suis-je écriée.

Ses yeux noirs ont plongé au plus profond des miens.

— Je ne peux pas te le dire, a-t-elle murmuré. Hunter croit que tu n'es pas intentionnellement impliquée dans leur plan. Il l'a vu quand vous avez fait le *tàth meanma*. Mais je ne suis pas convaincue. Peut-être es-tu si puissante jusqu'à pouvoir cacher ton esprit des autres.

— Tu ne peux pas réellement croire ça, ai-je dit.

— Je ne sais pas quoi croire. Je sais que je n'ai pas confiance en Cal et en Selene, et je crains qu'ils soient capables de faire beaucoup plus de mal que tu ne l'imagines.

— OK. Tu me fais chier, ai-je dit.

— Tu dois faire face aux faits. Alors, nous devons les comprendre avant tout. Hunter croit que Selene a un plan important, et que tu en es un élément clé. Que penses-tu qu'ils te feront si tu ne veux pas en faire partie ?

— Rien. Cal m'aime.

— Peut-être, a dit Sky. Mais il aime la vie davantage. Et Selene ne laissera rien l'empêcher de t'avoir — pas même son propre fils.

J'ai secoué la tête.

— Tu es folle.

— Que te dit ton cœur ? m'a-t-elle demandé doucement. Que te dit ton esprit ?

— Que Cal m'aime et m'accepte et qu'il m'a rendue heureuse, ai-je affirmé. Que je l'aime et que jamais je ne t'aiderai à lui faire du mal.

Elle a hoché pensivement la tête.

— J'aimerais que tu puisses faire des présages, a-t-elle dit. Si tu pouvais les voir...

— Des présages ? ai-je répété.

— Oui. C'est une méthode quelque peu précaire de divination, a expliqué Sky.

J'ai hoché la tête en signe d'impatience.

— Je sais ce que c'est. Je fais des présages avec le feu.

Elle a ouvert les yeux si grands que j'ai pu apercevoir le blanc autour de ses iris noirs.

— Ce n'est pas vrai.

Je me suis contentée de la regarder. Incrédule, elle a affirmé :

— Pas avec le feu.

Sans répondre, j'ai haussé les épaules.

— As-tu fait des présages pour voir ce qui se passait dans le présent ?

J'ai secoué la tête.

— Je laisse les images venir d'elles-mêmes. Elles semblent surtout liées au passé, et parfois, je perçois des avenirs possibles.

— Il est possible de guider les présages, tu sais. Tu dois concentrer l'énergie sur ce que tu souhaites voir. Avec l'eau, tu verras ce que ton esprit désire voir. Une pierre est préférable — plus exacte —, mais elle offre moins d'information. Penses-tu que tu pourrais contrôler les présages avec le feu?

— Je ne sais pas, ai-je dit lentement, mon esprit bondissant déjà devant toutes les possibilités.

Dix minutes plus tard, je me suis retrouvée dans une situation que je n'aurais jamais pu imaginer. Sky et moi étions assises en tailleur, genoux contre genoux, les mains posées sur les épaules de l'autre. Un petit feu brûlait sur une pierre plate que j'avais déterrée de sous la neige. Il craquait et crépitait à mesure que la neige dans les fissures des branches brûlantes bouillait. Je l'avais allumé avec mon esprit et j'avais ressenti une vague furtive de fierté en voyant les yeux de Sky s'écarquiller sous le choc.

Nos fronts se touchaient; nos visages étaient penchés vers le feu. J'ai pris une grande inspiration, j'ai fermé les yeux et je me suis abandonnée à la méditation. Je n'ai pas fait attention au fait que mon jean se trempait et que mes fesses ne dégèleraient probablement jamais. Je n'avais jamais fait

de présages en même temps qu'un emmêlement wiccan des esprits, mais j'étais prête
à l'essayer.

Graduellement, ma respiration s'est
approfondie et a ralenti, et peu après, j'ai
senti que Sky et moi respirions à l'unisson.
Sans que j'ouvre les yeux, mon esprit est
allé à la rencontre du sien et y a trouvé le
même mur de briques de suspicion sur
lequel je m'étais butée en Hunter. J'ai
poussé contre lui, j'ai ressenti l'hésitation
de Sky, puis sa lente acceptation. Prudemment, elle m'a laissée pénétrer dans son
esprit, et j'y suis entrée lentement, prête à
ressortir s'il s'agissait d'un piège, si elle tentait de m'attaquer. Elle ressentait la même
crainte, et, instinctivement, nous avons pris
une pause jusqu'à ce nous décidions toutes
deux d'abaisser nos gardes.

Ce n'était pas facile. J'avais toujours été
sur la défensive en sa présence, et elle me
détestait pratiquement. Étrangement, j'ai
été blessée de constater la profondeur de sa
haine envers moi, la rage qu'elle ressentait
par rapport à ce que j'avais fait à Hunter et
les soupçons qu'elle entretenait à l'égard de

mes pouvoirs et de leurs sources possibles. Je n'avais pas réalisé que les sorcières pouvaient se transférer leurs pouvoirs jusqu'à ce que je tombe sur son inquiétude à savoir si Selene m'avait transféré les siens.

Nous respirions ensemble, engagées dans une étreinte mentale, explorant totalement l'autre. Elle aimait profondément Hunter et s'inquiétait énormément pour sa sécurité. Elle s'ennuyait de l'Angleterre, et son père et sa mère lui manquaient terriblement. Dans son esprit, j'ai aperçu Alwyn, la petite sœur de Hunter, qui ne lui ressemblait pas du tout. J'ai vu son souvenir de Linden ; sa beauté incroyable, sa mort tragique.

Sky était amoureuse de Raven.

Quoi ? J'ai suivi cette pensée insaisissable, et elle s'est trouvée à l'avant-plan, claire et complète. Sky était amoureuse de Raven. Sous le regard de Sky, j'ai aperçu l'humeur de Raven ; sa force, son courage, sa détermination dans l'étude de la Wicca. J'ai senti la frustration et la jalousie de Sky à voir Raven pourchasser Matt et flirter avec d'autres gars sans avoir aucune réaction aux tentatives d'ouverture de Sky. Pour Sky, la blonde et mince Sky à la retenue toute britannique, Raven était épouvantablement séduisante et luxuriante. La hardiesse de ses paroles, son apparence vivide, son attitude culottée fascinaient Sky, et Sky la voulait avec un désir franc qui me décontenançait, m'embarrassait presque.

Puis, ç'a été au tour de Sky de diriger l'échange, de poser des questions au sujet de Cal. Ensemble, nous avons vu mon amour pour lui, mon soulagement humiliant d'enfin trouver quelqu'un qui voulait de moi, mon respect admiratif pour sa beauté et son pouvoir. Elle a vu mon incertitude au sujet de Selene de même que ma fascination pour elle, ainsi que mon malaise à propos du *seòmar* de Cal. Tout comme Hunter, elle a vu que Cal et moi n'avions pas encore fait l'amour. Elle a vu que Hunter m'avait presque embrassée et elle a failli couper le contact sous l'effet de la surprise. J'ai eu l'impression qu'elle feuilletait mon journal intime et je commençais à souhaiter n'avoir jamais accepté de faire cet exercice. Mon esprit a indiqué à

Sky mon choc de découvrir que j'étais une Woodbane et mon plus grand choc d'apprendre quatre jours plus tôt que Cal l'était aussi.

Maintenant, ensemble, a-t-elle songé, et j'ai ouvert les yeux. Après nous être regardées pendant un moment, soupesant ce que nous avions appris l'une sur l'autre, nous nous sommes tournées tout en conservant la connexion et avons fixé le feu du regard.

Feu, élément de vie, a pensé Sky, et je l'ai entendue. Aide-nous à voir Cal Blaire et Selene Belltower pour ce qu'ils sont et non de la manière qu'ils se présentent à nous.

Êtes-vous prêtes à voir ? ai-je entendu le feu nous murmurer d'un ton séduisant. Êtes-vous prêtes, mes petites ?

Nous sommes prêtes, ai-je songé en avalant difficilement ma salive.

Nous sommes prêtes, a répété Sky.

Puis, comme cela était arrivé par le passé, le feu a créé des images qui nous ont aspirées. J'ai ressenti la stupéfaction et la joie de Sky : elle n'avait jamais fait de présages avec le feu auparavant. Elle a renforcé son esprit et s'est concentrée à voir le présent, à voir Cal et Selene. J'ai suivi son exemple et je me suis concentrée sur eux aussi.

Cal, ai-je pensé. Selene. Où êtes-vous ?

Une image de l'énorme maison en pierres de Cal s'est formée dans les flammes. Je me suis souvenue que je n'avais jamais réussi à projeter mes sens au-delà de ses murs et je me suis demandé si les mêmes restrictions s'appliquaient aux présages. Non. Lorsque j'ai battu des cils, je me suis retrouvée dans la pièce servant aux cercles de Selene — l'énorme salon où elle accueillait les membres de son assemblée. Autrefois, il avait servi de salle de bal, mais à présent, il ressemblait à un grand hall de magye. Selene y était, vêtue de sa robe de sorcière jaune, et j'ai reconnu la tête foncée de Cal parmi un groupe d'étrangers.

— Avons-nous réellement besoin d'elle ? a demandé une grande femme aux cheveux gris et aux yeux pratiquement incolores.

— Elle est trop puissante pour la laisser filer, a affirmé Selene.

Un filet glacial dans mon dos m'a dit qu'elles parlaient de moi.

— Elle vient de Belwicket, a fait remarquer un homme mince.

— Belwicket a disparu, a dit Selene. Elle sera d'où nous le voudrons bien.

Oh, mon Dieu, ai-je pensé.

— Pourquoi ne l'avez-vous pas amenée à nous ? a demandé la femme aux cheveux gris.

Les yeux de Selene et de Cal se sont croisés, me donnant l'impression qu'ils se livraient une bataille silencieuse.

— Elle viendra, a dit Cal d'une voix solide, et à l'intérieur de moi, j'ai ressenti une douleur aiguë, comme si on louait mon cœur. Mais vous ne comprenez pas…

— Nous comprenons qu'il est plus que temps d'agir, a lancé une autre femme. Nous avons besoin de cette fille de notre côté maintenant, et nous devons avancer sur Harnach avant Yule. Tu avais une tâche, Sgàth. Essaies-tu de nous dire que tu ne peux pas nous l'amener ?

— Ce sera fait, a dit Selene d'une voix aussi dure que le marbre.

Encore une fois, son regard a traversé Cal, et il a serré la mâchoire. Il a abruptement hoché la tête avant de quitter la pièce, gracieux dans sa robe de lin blanche.

Je ne vois plus rien, ai-je songé avant de le prononcer à voix haute.

— Je ne vois plus rien.

J'ai senti Sky se retirer, tout comme moi, et j'ai fermé les yeux pour revenir avec désespoir aux bois enneigés et au moment présent. En ouvrant les yeux, j'ai remarqué que le ciel s'obscurcissait en cette fin d'après-midi, que mon jean était complètement trempé et d'un inconfort misérable, et que les arbres qui avaient formé un cercle protecteur autour de moi m'apparaissaient maintenant noirs et menaçants.

Sky a retiré ses mains de mes épaules.

— Je n'avais jamais fait ça auparavant, a-t-elle dit d'une voix à peine plus élevée qu'un murmure. Je n'ai jamais été bonne pour faire des présages. C'est… terrible.

— Oui, ai-je dit.

J'ai regardé ses yeux noirs, revivant ce que je venais de voir, entendant à nouveau les paroles de Selene. Tremblante, je me suis déroulée pour me lever ; des crampes dans les jambes, les fesses complètement insensibles et une sensation perturbante de nausée dans l'estomac. Pendant que Sky se levait, s'étirant et grognant silencieusement, je me suis agenouillée pour ramasser de la neige propre et la déposer dans ma bouche. Je l'ai laissée fondre et j'ai avalé son petit filet d'eau froide. J'ai répété le manège avant de frotter de la neige sur mon front et sur ma nuque, sous mes cheveux. Ma respiration était superficielle, et je me sentais tremblante, débordante de craintes.

— Tu te sens malade ? a demandé Sky, et j'ai hoché la tête tout en avalant plus de neige.

Je suis demeurée à quatre pattes, faisant fondre des petites portions de neige sur ma langue pendant que mon cerveau fonctionnait à toute allure pour traiter ce qui venait de se produire. Lorsque Bree et moi nous étions disputées au sujet de Cal et que j'avais réalisé que notre amitié de onze ans venait de prendre fin, j'avais ressenti une douleur étonnante. Les sentiments de trahison, de perte et de vulnérabilité avaient presque été insupportables. Mais en comparaison avec ce que je ressentais à présent, l'expérience avait été facile comme tout. En mon for intérieur, mon esprit hurlait : Non, non, non !

— Ces images étaient-elles vraies ? ai-je demandé d'une voix étouffée.

— Je pense que oui, a dit Sky d'une voix troublée. Tu les as entendus parler de Harnach ? C'est le nom d'une assemblée écossaise. Le Conseil supérieur a envoyé Hunter ici pour trouver des preuves que Selene fait partie d'une conspiration Woodbane visant, en gros, à détruire toutes les assemblées qui ne sont pas Woodbane.

— Elle n'est pas la vague sombre ? me suis-je écriée. A-t-elle détruit Belwicket ?

Sky a haussé les épaules.

— Ils ne savent pas comment elle aurait pu, mais elle est liée à d'autres désastres, à d'autres morts, a-t-elle dit, martelant chaque mot dans mon esprit. Elle se déplace depuis toujours et trouve de nouveaux Woodbane partout où elle va. Elle crée de nouvelles assemblées et déniche des sorcières de sang. Lorsque son assemblée est solide, elle la brise, elle détruit les sorcières qui ne sont pas des Woodbane et elle emmène les Woodbane avec elle.

— Oh mon Dieu, ai-je soufflé. Elle a tué des gens ?

— C'est ce que le Conseil supérieur croit, a dit Sky.

— Et Cal ? ai-je demandé d'une voix brisée.

— Il l'aide depuis son initiation.

C'était trop d'informations à absorber. J'étais affolée.

— Je dois y aller, ai-je dit en regardant autour de moi pour trouver mes outils.

Il faisait pratiquement noir. J'ai saisi la boîte d'outils de Maeve et j'ai secoué une partie de la neige sur mes bottes.

— Morgan… a commencé Sky.

— Je dois y aller, ai-je dit avec plus de force.

— Morgan ? m'a-t-elle appelée alors que je faisais mes premiers pas dans les bois.

Je me suis retournée pour la regarder, seule, debout dans la clairière.

— Sois prudente, a-t-elle dit. Appelle Hunter ou moi si tu as besoin d'aide.

En hochant la tête, je me suis retournée pour filer vers ma voiture. À l'intérieur de moi, mon cœur a recommencé à crier : Non, non, non…

16

Vérité

Je me suis toujours demandé si ma mère avait tué mon père. Après tout, c'était lui qui était parti, et non elle. Puis, il avait immédiatement eu deux autres enfants avec Fiona. Cela avait vraiment fait flipper maman.

Papa a « disparu » peu avant mes neuf ans. Pas que je l'aie vu avant ça. J'étais le fils oublié ; celui qui n'avait pas d'importance.

Quand maman a reçu l'appel, elle m'a simplement dit que papa et Fiona avaient disparu. Elle ne m'a pas dit qu'ils étaient morts. Mais comme les années ont passé et que personne n'a eu de ses nouvelles — à ma connaissance, en tout cas —, je pense qu'on peut affirmer sans trop se tromper qu'il est mort. Ce qui est commode, d'une certaine façon. Cela signifie que Gìomanach n'est pas appuyé par le pouvoir de papa. J'aimerais tout de même savoir ce qui est réellement arrivé...

— Sgàth

Le soleil s'était couché. Les roues de ma voiture écrasaient de la glace sur le chemin à mesure que je passais devant de vieilles fermes, des champs de blé d'automne, des silos.

Cal et Selene. Selene était maléfique. Cela pouvait sembler mélodramatique, mais comment désigner une sorcière qui fait appel au côté obscur? Maléfique. Woodbane.

Non! me suis-je dit. Je suis une Woodbane. Je ne suis pas maléfique. Belwicket n'était pas maléfique; ma mère non plus. Il en allait de même pour ma grand-mère. Mais quelque part dans ma lignée, mes ancêtres l'avaient été. Était-ce la raison pour laquelle Selene me voulait? Voyait-elle un potentiel maléfique en moi? Je me souvenais de la vision que j'avais eue de moi : une vieille bique ratatinée et assoiffée de pouvoir. Était-ce là mon avenir véritable ?

J'ai ravalé un sanglot. Oh, Cal, ai-je crié silencieusement. Tu m'as trahie. Je t'aimais et tu ne faisais que jouer un *rôle*.

Je ne pouvais passer par-dessus cette trahison. Je ressentais une douleur physique en moi ; une angoisse si dévastatrice que je n'arrivais pas à réfléchir. Les larmes roulaient sur mes joues, dessinant des voies humides et laissant un goût salé au coin de mes lèvres. Un millier d'images de Cal bombardaient mon cerveau : Cal se penchant pour m'embrasser ; Cal avec sa chemise ouverte ; Cal riant, me taquinant, offrant de m'aider avec Bakker ; Cal me préparant un thé, me serrant dans ses bras, m'embrassant fort et encore plus fort.

J'étais déchirée. J'ai commencé à prier désespérément que les présages étaient mensongers. Sky devait m'avoir roulée pour me faire voir des choses qui n'existaient pas — elle m'avait menti, menti…

J'avais besoin de le voir. Je devais découvrir la vérité. Hunter et Sky avaient répondu à mes questions, mais à présent, Cal devait remplir les trous de la vision d'ensemble : les dangers dans lesquels je m'engageais, les raisons pour lesquelles je devais être prudente, me tenir sur mes gardes et maîtriser mon pouvoir.

Mais avant tout, je devais cacher les outils de ma mère. De tout cœur, j'espérais que Cal me convaincrait de son innocence, que Sky avait tort, que notre amour était vrai. Mais la mathématicienne en moi insistait pour dire qu'il n'y avait aucune certitude dans la vie. J'avais lié les outils de ma mère à moi ; ils étaient à moi maintenant, et je devais m'assurer que personne ne les prenne ou ne les utilise pour faire le mal.

Mais où les planquer ? Je ne pouvais rentrer à la maison. J'étais déjà presque en retard pour le dîner : si je rentrais à la maison, je ne pourrais pas repartir. Où ?

Bien sûr. Rapidement, j'ai tourné à droite en direction de la maison de Bree. Bree et moi étions ennemies : personne ne me soupçonnerait de cacher quelque chose de précieux dans sa cour arrière.

La maison de Bree était grande, d'une propreté impeccable, et elle était plongée dans l'obscurité. Bien — personne n'y était. J'ai ouvert le coffre de ma voiture et j'en ai extirpé la boîte. En murmurant : « Je suis invisible, tu ne me vois pas, je suis à peine une ombre », je me suis glissée furtivement vers le côté avant de me pencher rapidement sous le gros lilas poussant devant la fenêtre de la salle à manger. Il était plutôt dénudé en cette période de l'année, mais il cachait toujours l'ouverture du vide sanitaire sous la maison de Bree. J'ai rangé la boîte à outils loin des regards, derrière un pieu de fondation, j'ai tracé rapidement quelques runes de dissimulation et je me suis relevée.

J'ai ouvert la portière de ma voiture au moment où Bree et Robbie s'engageaient dans la cour, à bord de la BMW de Bree. Ils se sont garés près de moi avant d'éteindre le moteur.

Je les ai ignorés et me suis apprêtée à grimper sur le siège du conducteur de ma voiture. La vitre du côté passager de la

BMW s'est baissée doucement. Merde, ai-je songé.

— Morgan ? a dit Robbie. Nous étions à ta recherche. Nous avons parlé à Sky… Tu dois…

— Je dois y aller, ai-je dit en grimpant à bord et en fermant la portière avant qu'il n'ait la chance de me dire quoi que ce soit d'autre.

J'avais déjà parlé à Sky et je savais ce qu'elle dirait.

Robbie a ouvert sa portière et s'est dirigé vers moi. J'ai démarré la voiture et je l'ai vu devenir de plus en plus petit dans le rétroviseur. Je suis désolée, Robbie, ai-je pensé. Je te parlerai plus tard.

En route vers la rivière, des pensées sur ce que je dirais à Cal ont filé à toute allure dans mon esprit. J'étais au beau milieu d'un neuvième scénario hystérique quand…

Morgan.

J'ai brusquement tourné la tête. La voix de Cal était là, à mes côtés, et j'ai failli crier.

Morgan ?

Où es-tu ? a frénétiquement répondu mon esprit.

Je dois te voir. Je t'en prie, tout de suite. Je suis au vieux cimetière, celui où nous avons tenu notre cercle à Samhain. Viens, je t'en prie.

Que faire ? Quoi penser ? Est-ce que tout ce qu'il m'avait dit était un mensonge ? Ou pouvait-il me fournir une explication pour tout ?

Morgan ? Je t'en prie. J'ai besoin de toi. J'ai besoin de ton aide.

Comme lors de la nuit avec Hunter, ai-je songé. Était-il dans le pétrin ? Blessé ? J'ai cligné des yeux, j'ai essuyé des larmes isolées avec le dos de ma manche et j'ai regardé à travers le pare-brise. À l'intersection suivante, j'ai tourné à droite plutôt qu'à gauche, puis je me suis engagée sur la route menant vers le nord, hors de la ville. Oh Cal, ai-je songé, balayée par une nouvelle vague d'angoisse. Cal, il va falloir s'expliquer.

Cinq minutes plus tard, j'ai tourné sur une route secondaire et me suis garée devant la petite église méthodiste qui avait guidé les gens qui reposaient maintenant dans son cimetière.

Tremblant sous l'effet de derniers sanglots, je suis restée assise dans ma voiture.
Puis, j'ai senti Cal s'approcher. Il a tapé
gentiment contre ma vitre. J'ai ouvert la
portière et je suis sortie de la voiture.

— Tu as reçu mon message ? a-t-il
demandé.

J'ai hoché la tête. Il a examiné mon
visage de plus près. Puis, il a saisi mon
menton dans ses mains avant de lancer :

— Qu'est-ce qui ne va pas ? Pourquoi
pleurais-tu ? Où étais-tu ? Je suis passé par
chez toi.

Que devrais-je répondre ?

— Cal, est-ce que Selene tente de me
faire du mal ? lui ai-je demandé.

Mes paroles étaient comme des éclats
de glace dans l'air du soir.

Chaque partie de lui est devenue immobile, centrée et concentrée.

— Qu'est-ce qui te pousse à dire ça ?

J'ai senti ses sens se tendre vers moi et,
rapidement, je me suis refermée, lui refu-
sant l'accès.

— Est-ce que Selene fait partie d'une
assemblée composée uniquement de

Woodbane dont le but est d'éradiquer tous ceux qui ne sont pas Woodbane? ai-je demandé en repoussant les cheveux qui tombaient sur mon visage.

Je t'en prie, dis-moi que c'est un mensonge, convaincs-moi, dis-moi n'importe quoi.

Cal a agrippé mes cheveux pour me forcer à le regarder.

— À qui as-tu parlé? a-t-il demandé. Merde, si ce salaud de Hunter a…

— J'ai fait un présage, ai-je dit. Je t'ai vu avec Selene et d'autres gens. Je les ai entendus parler de ta « tâche ». Était-ce moi, ta tâche?

Il est demeuré silencieux pendant un bon moment.

— Morgan, je n'arrive pas à croire ceci, a-t-il enfin fait. Tu sais que tu ne peux pas croire ce que tu vois lorsque tu fais des présages. Les images sont nébuleuses, incertaines. Les présages te montrent uniquement des possibilités. Tu vois, c'est pour ça que je veux que tu attendes que je te guide. C'est facile de mal comprendre…

— C'est en faisant un présage que j'ai vu où les outils de ma mère pouvaient se trouver, ai-je affirmé d'une voix plus assurée. Ce ne sont pas toujours des mensonges… Sans quoi, personne n'en ferait.

— Morgan, de quoi s'agit-il ? a-t-il demandé d'une voix affectueuse.

Il m'a tirée gentiment vers lui afin que ma joue repose contre sa poitrine, et je me suis sentie si merveilleusement bien, j'aurais voulu me fondre en lui. Il a déposé un baiser sur mon front.

— Pourquoi as-tu des doutes ? Tu sais que nous sommes des *mùirn beatha dàns*. Nous appartenons l'un à l'autre : nous sommes un. Dis-moi ce qui ne va pas, a-t-il affirmé d'un ton apaisant.

À ces mots, la douleur dans ma poitrine s'est intensifiée, et j'ai pris de grandes respirations afin de ne pas pleurer à nouveau.

— Nous ne le sommes pas, ai-je murmuré alors que la vérité se levait en moi comme une aube terrible. Nous ne le sommes pas.

— Pas quoi ?

J'ai tourné la tête pour regarder ses yeux dorés ; ses yeux remplis d'amour, de désir, de peur. J'étais incapable de le dire carrément.

— Je sais que tu as couché avec Bree, ai-je plutôt menti. Je le *sais*.

Cal m'a regardée. Avant la fin de notre amitié, Bree avait pourchassé Cal avec fer-veur, et je savais d'expérience qu'elle parve-nait toujours à gagner tous les gars qu'elle désirait. Un jour, elle avait été heureuse, disant que Cal et elle étaient finalement allés au lit et qu'ils sortaient ensemble à présent. Mais ils n'étaient pas sortis ensemble, et Cal avait arrêté son choix sur moi. Je lui avais déjà posé des questions à ce sujet, et il avait nié avoir couché avec elle, avec ma meilleure amie. Mais à pré-sent, je devais connaître la vérité, et ce, même si d'autres difficiles vérités me frap-paient tous azimuts au même moment.

— Une seule fois, a dit Cal après une pause.

À l'intérieur de moi, j'ai senti que mon cœur cessait de battre ; qu'il était bouché par la glace.

— Tu sais comment est Bree, a poursuivi Cal. Elle n'accepte pas qu'on lui dise «non». Un soir, avant que je te connaisse vraiment, elle a bondi sur moi et je l'ai laissée faire. Pour moi, ça ne voulait rien dire, mais je suppose que ça l'a blessée de découvrir que je n'en voulais pas davantage.

J'étais silencieuse, mes yeux rivés aux siens, voyant mes rêves exploser dans leur reflet : tous mes espoirs d'avenir éclatant comme du verre.

— Les seuls pouvoirs qu'elle possédait étaient des reflets de toi, a-t-il dit avec de faibles traces de dédain dans sa voix. Quand j'ai réalisé que tu étais la seule, Bree est devenue… sans importance.

— Tu as réalisé que j'étais la seule, quoi ?

Ma voix était serrée, rauque. J'ai toussé avant de parler à nouveau.

— La seule Woodbane dans les parages ? La princesse Woodbane de Belwicket ?

Je l'ai repoussé.

— Pourquoi t'entêtes-tu à me mentir ? me suis-je écriée, pleine d'angoisse. Pourquoi ne peux-tu simplement pas me dire qui tu es et ce que tu veux?

Je criais pratiquement, et Cal a frémi avant de lever les bras.

— Tu ne m'aimes pas, l'ai-je accusé, espérant toujours pathétiquement qu'il me prouve le contraire. Je pourrais être *n'importe qui*, jeune ou vieille, jolie ou laide, intelligente ou stupide, pourvu que je sois une *Woodbane*.

Cal a tressailli et a secoué la tête.

— Ce n'est pas vrai, Morgan, a-t-il dit.

J'ai relevé du désespoir dans sa voix.

— Ce n'est pas vrai du tout.

— Alors, quelle *est* la vérité? ai-je demandé. M'as-tu dit quoi que ce soit qui soit la vérité?

— Oui! a-t-il poussé d'une voix forte en levant la tête. C'est vrai que je t'aime!

Je suis parvenue à pousser un grognement crédible.

— Morgan, a-t-il commencé avant de s'arrêter et de fixer le sol.

Il a posé les mains sur ses hanches avant de poursuivre.

— Voilà la vérité. Tu as raison. J'étais supposé trouver une Woodbane, ce que j'ai fait.

J'ai failli suffoquer de douleur.

— J'étais supposé me rapprocher d'elle, ce que j'ai fait.

Comment était-il possible que je sois toujours debout ? me suis-je demandé, hébétée.

— J'étais supposé faire en sorte qu'elle tombe amoureuse de moi, a-t-il dit doucement. Ce que j'ai fait.

Oh, Déesse. Oh, Déesse. Oh, Déesse.

Il a levé la tête pour me regarder ; mes yeux étaient écarquillés et horrifiés.

— Et tu étais la Woodbane que je cherchais sans même le savoir. Puis, nous avons découvert que tu provenais de la lignée Belwicket, et ce fut comme trouver un filon. Tu étais la bonne.

Oh, Déesse, aide-moi. Aide-moi, je t'en prie, je t'en supplie.

— Et je me suis rapproché de toi et j'ai fait en sorte que tu tombes amoureuse de moi, n'est-ce pas ?

Je n'avais aucune réponse à lui donner. Ma gorge était nouée.

Cal a émis un rire empreint d'amertume.

— Le seul pépin, a-t-il dit, c'est que personne ne m'a dit de t'aimer en retour. Personne ne s'attendait à ce que je t'aime, y compris moi. Mais je t'aime, Morgan. Personne ne m'a dit que je devais m'éprendre de toi, mais c'est ce qui est arrivé. Personne ne m'a dit que je devais te désirer, profiter de ta compagnie, t'admirer, être fier de ta force, mais c'est ce qui m'arrive, merde! Tout ça est vrai.

Sa voix s'était élevée, et il s'est rapproché de moi.

— Morgan, peu importe comment tout ça a commencé, ça n'est plus pareil maintenant. J'ai l'impression de t'avoir toujours aimée, de t'avoir toujours connue, de toujours avoir désiré un avenir avec toi.

Il a posé une main sur mon épaule pour la pétrir et la serrer doucement, et j'ai tenté de reculer.

— Tu es ma *mùirn beatha dàn*, a-t-il dit doucement. Je t'aime. Je te veux. Je veux que nous soyons ensemble.

— Et qu'en est-il de Selene?

Ma voix ressemblait à un croassement.

— Selene a des plans bien à elle, mais nous ne sommes pas obligés d'en faire partie, a-t-il dit en se rapprochant encore plus. Tu dois comprendre à quel point il est difficile d'être son fils, son fils unique. Elle dépend de moi — je suis l'héritier du trône. Mais je peux avoir ma propre vie, avec toi, sans l'inclure. C'est juste que... D'abord, je dois l'aider à terminer des choses qu'elle a entreprises. Si tu nous aides aussi, ça ira beaucoup plus vite. Et ensuite, nous serons libérés d'elle.

Je l'ai regardé, ressentant un calme froid et implacable remplacer la panique et la détresse qui s'étaient installées en moi. Je savais quelle avait été ma vision, et je savais que Cal me mentait ou se mentait à propos des plans de Selene. Elle ne nous laisserait pas partir, ni lui ni moi.

— Je suis libérée d'elle maintenant, ai-je dit. Je sais que Selene a besoin de moi pour quelque chose. Elle compte sur toi pour m'y faire adhérer. Mais ça n'arrivera pas, Cal. Je n'en ferai pas partie.

À voir son expression, on aurait dit qu'il avait vu une voiture me frapper.

— Morgan, a-t-il dit d'une voix étranglée, tu ne comprends pas. Tu te souviens de notre avenir, de nos plans, de notre petit appartement ? Tu te souviens ? Je t'en prie : aide-nous avec cette petite tâche, et nous pourrons régler les détails plus tard. Fais-moi confiance. Je t'en prie.

Mon cœur saignait. J'ai répondu :

— Non. Selene ne peut pas m'avoir. Je ne ferai pas ce qu'elle veut. Je n'irai pas avec toi. C'est terminé, Cal. Je quitte l'assemblée. Et je te quitte, toi aussi.

Il a secoué la tête comme si je l'avais frappé et il m'a fixée du regard.

— Tu ne comprends pas ce que tu dis.

— Oui, ai-je répondu en tentant de donner de la force à ma voix même si je voulais me mettre misérablement en boule sur le sol. C'est terminé. Je ne serai plus avec toi.

Chaque mot blessait ma gorge, gravant d'acide ma douleur.

— Mais tu m'aimes !

Je l'ai regardé, incapable de nier ce fait même après tout ça.

— Je *t'*aime, a-t-il dit. Je t'en prie, Morgan. Ne... ne m'oblige pas à poser des gestes que je ne veux pas poser. Viens avec moi. Laisse à Selene la chance de s'expliquer. Elle pourra mieux te faire comprendre que moi.

— Non.

— Morgan! Si tu m'aimes, je te demande de venir avec moi. Tu n'as pas à faire quoi que ce soit que tu ne veux pas faire. Viens avec moi et dis toi-même à Selene que tu ne feras pas partie de son assemblée. C'est tout ce que tu as à faire. Dis-le-lui en face. Je t'appuierai.

— Dis-le-lui, toi.

Ses yeux se sont plissés de colère, et la colère est repartie.

— Sois raisonnable. Ne me force pas à faire ce que je ne veux pas faire.

Une peur fulgurante est montée en moi.

— De quoi parles-tu?

Son visage a pris un drôle d'aspect; l'apparence du désespoir. J'étais soudain terrifiée. Une seconde plus tard, je me suis tournée et j'ai pris mes jambes à mon cou, fouillant dans ma poche à la recherche de mes clés. J'ai ouvert la portière en entendant le souffle de Cal, qui était à mes trousses. Puis, il a ouvert grand la portière avant de me pousser à l'intérieur.

— Aïe! ai-je crié quand ma tête s'est cognée contre le châssis.

— Entre! a-t-il rugi en me poussant. Entre!

Déesse, viens à mon secours, ai-je prié pendant que je tentais tant bien que mal d'ouvrir l'autre portière. Mais lorsque j'ai saisi la poignée, Cal a serré mon cou dans sa main en murmurant des mots que je ne comprenais pas; des mots qui semblaient anciens, sombres et laids.

J'ai tenté de riposter avec mon chant gaélique, mais ma langue s'est figée dans ma bouche, et un engourdissement m'a balayée pour me paralyser. Je ne pouvais plus bouger, ni écarter mes yeux de lui, ni crier. Il m'avait jeté un sortilège de ligotage. Encore une fois.

Je suis tellement stupide, ai-je pensé de façon ridicule pendant qu'il démarrait Das Boot avec mes clés.

17

Le seòmar

Février 2001

J'ai réussi. J'ai serré un sorcier à l'aide de la braigh.

Le bonhomme de Cornwall était fâché, pas de doute. Lorsque je suis allé le questionner, il a d'abord tenté de s'esquiver, mais quand il a vu que je ne laisserais pas tomber, il est devenu fou furieux. Il a baragouiné qu'il allait lancer une malédiction, à moi et à toute ma famille, qu'il faisait partie des Cwn Annwyn, les chiens de l'enfer. Il s'est mis à crier un sortilège, et j'ai dû lutter contre lui et passer la braigh autour de lui. Il a alors commencé à sangloter et à me supplier de le laisser partir. Enfin, ses yeux se sont retournés, et il a perdu connaissance.

Je l'ai placé dans la voiture, et Athar nous a conduits jusqu'à Londres. Je l'ai laissé chez Kennet Muir. Kennet m'a dit que j'avais bien fait;

l'homme était peut-être fou, mais il possédait aussi un vrai pouvoir et était donc dangereux. Il m'a dit que j'avais rempli ma tâche, et qu'il appartenait maintenant aux sept anciens de déterminer ce qui adviendrait de l'homme.

Je suis parti, et Athar et moi sommes allés dans un pub où je me suis saoulé. Plus tard, elle m'a serré dans ses bras pendant que je sanglotais.

— Giomanach

— Tu ne comprends rien à rien, c'est ça ? a lancé Cal avec colère, tout en prenant un virage trop rapidement.

Je me suis effondrée contre la portière, sans défense. À l'intérieur de moi, mon esprit tourbillonnait comme une tornade — un millier de pensées vrillant, hors de contrôle, mais le sortilège de ligotage qu'il m'avait jeté pesait sur mes membres comme si j'avais été enrobée dans du ciment.

— Ralentis, ai-je réussi à murmurer.

— Boucle-la ! a-t-il crié. Je n'arrive pas à croire que tu me forces à faire ceci ! Je t'aime ! Pourquoi ne peux-tu pas m'écouter ? Tout ce que je veux est que tu viennes parler à Selene. Mais non. Tu ne peux même pas faire ça pour moi. La seule chose que je te demande de faire, et tu ne la fais pas. Et maintenant, je suis obligé de faire ça. Je ne veux pas faire ça.

J'ai entrouvert le coin de mes yeux pour regarder Cal, son profil fort, ses mains agrippant le volant de Das Boot. C'était un cauchemar, comme les cauchemars magyques que j'avais eus auparavant. Bientôt, j'allais me réveiller, haletante, dans mon lit, à la maison. Il suffisait que je me réveille. Réveille-toi, me suis-je intimé. Réveille-toi. Tu seras en retard à l'école.

— Morgan, a dit Cal d'une voix plus calme. Réfléchis bien. Nous pratiquons la sorcellerie depuis des années. Tu la pratiques seulement depuis quelques mois. À un moment donné, tu dois croire que nous savons ce que nous faisons. Tu résistes uniquement parce que tu ne comprends pas. Si tu te calmais et que tu m'écoutais, tout serait clair.

Comme j'étais essentiellement un poids inerte à ce moment-là, qu'il m'exhorte de me calmer me semblait particulièrement ironique. Cal a continué de parler, mais

mon cerveau a dérivé loin de son mono-
logue. Concentre-toi, ai-je pensé. Concentre-
toi. Remue-toi. Prépare un plan.

— Je pensais que tu me demeurerais
loyale à jamais.

Mes yeux dépassaient légèrement le
cadre de la vitre, et j'ai vu que nous fran-
chissions les limites de Widow's Vale.
Étions-nous en chemin vers la maison de
Cal ? Elle était si isolée — une fois arrivée
là-bas, je ne pourrais jamais m'en sortir. J'ai
songé à mes parents, qui se demandaient
sûrement où j'étais, et j'ai voulu pleurer.
Concentre-toi, merde ! Pense à une façon de
te sortir de ce pétrin. Tu es la sorcière la
plus puissante qu'ils ont jamais rencontrée,
tu peux sûrement faire quelque chose.
Réfléchis !

Cal a brûlé un feu rouge en bordure de
la ville et, involontairement, j'ai tressailli
en entendant le crissement des pneus et un
klaxon actionné sous la force de la colère.
J'ai réalisé qu'il n'avait pas bouclé ma cein-
ture de sécurité et, dans mon état actuel, je
ne pouvais m'en occuper moi-même. Un

filet de sueur froide a dégouliné le long de ma colonne vertébrale pendant que j'imaginais ce qui m'arriverait en cas d'accident.

Réfléchis. Pense. Concentre-toi.

— Tu aurais dû me faire confiance, a dit Cal. J'en sais tellement plus que toi. Ma mère est tellement plus puissante que toi. Tu es une étudiante — pourquoi ne m'as-tu pas seulement fait confiance?

Ma portière était verrouillée. Si je pouvais l'ouvrir, peut-être que je pourrais culbuter hors de la voiture. Et me faire écraser par les roues puisque je ne pouvais pas bondir hors de la route. Pourrais-je descendre ma vitre pour crier à l'aide? Est-ce que quiconque en ville reconnaîtrait ma voiture et se demanderait pourquoi je n'étais pas au volant?

J'ai tenté de serrer ma main droite et j'ai constaté avec désarroi que je pouvais à peine plier ma première jointure.

Le soir de ma fête, quand Cal m'avait jeté les sortilèges de ligotage, j'avais réussi à me libérer d'une manière ou de l'autre. J'avais… poussé, avec mon esprit, comme si je déchirais du plastique, et j'avais été capable de bouger. Pouvais-je faire la même chose à présent ?

Nous avons filé dans le centre-ville de Widow's Vale — les trois feux d'arrêt, les devantures allumées des boutiques, les voitures en route vers la maison. J'ai regardé à l'extérieur en espérant que quelqu'un — n'importe qui — me verrait. Est-ce qu'on arrêterait Cal en raison de sa vitesse ? J'ai failli pleurer lorsque, peu après, nous avons quitté le centre-ville pour nous engager sur la route moins passante qui menait à la maison de Cal. La panique a menacé de s'emparer de mon corps à nouveau, et je l'ai repoussée du pied.

Soudain, le visage de Bree est apparu dans mon esprit. J'ai saisi l'image. Bree, Bree, ai-je pensé en fermant les yeux et en me concentrant. Bree, j'ai besoin de ton aide. Cal m'a capturée. Il me mène à Selene. Je t'en prie, viens m'aider. Va chercher Hunter et Sky. Je suis dans ma voiture. Cal est désespéré. Il va me donner à Selene. Bree ? Robbie ? Hunter, je t'en prie, aide-moi, Hunter, Sky, n'importe qui, m'entendez-vous ?

Un tel travail mental était épuisant, et ma respiration s'était transformée en halètements superficiels.

— Tu ne comprends pas, a poursuivi Cal. Sais-tu ce qu'ils me feront si je me présente sans toi?

Il a émis un rire court, semblable à un aboiement.

— Déesse, ce que Hunter m'a fait cette nuit-là, c'est de l'enfantillage en comparaison à ce qu'ils me feraient.

Il m'a regardée à ce moment-là, un scintillement étrange dans les yeux. Il me paraissait chèrement familier et horriblement différent à la fois.

— Tu ne veux pas qu'ils me fassent du mal, n'est-ce pas? Tu ne sais pas ce qu'ils pourraient me faire…

J'ai fermé les yeux et j'ai tenté de bloquer sa présence. Cal avait toujours été tellement en contrôle. Le voir sous ce jour me rendait malade, et des sueurs froides se sont mises à perler sur mon front. J'ai avalé ma salive et j'ai tenté de plonger au plus profond de moi, là où se trouvait le pouvoir. Bree, je t'en prie, je suis désolée, ai-je songé. À l'aide. Aide-moi. Sauve-moi. Selene va me tuer.

— Arrête ça ! a soudainement crié Cal en se penchant vers moi et en secouant violemment mon épaule.

J'ai haleté en ouvrant les yeux. Il me fixait d'un regard furieux.

— Arrête ça ! Tu ne contacteras personne ! Personne ! M'entends-tu ?

Sa voix pleine de colère a rempli la voiture et mes oreilles et m'a donné un mal de tête. Sa main m'a secouée jusqu'à ce que je sente mes dents claquer. J'ai serré la mâchoire. La voiture dessinait de grandes courbes sur la route et j'ai imploré la Déesse de me protéger.

— Ne démolis pas cette voiture, ai-je dit en desserrant les lèvres suffisamment pour parler.

Il m'a abruptement lâchée, et j'ai vu le reflet de phares avançant vers nous suivi du beuglement long et sourd du klaxon d'un camion. Le camion a filé à nos côtés, et j'ai pris une respiration affolée.

— Merde ! a lancé Cal en tirant brusquement le volant vers la droite.

Un autre klaxon a retenti alors qu'une voiture noire freinait, à deux doigts de percuter ma portière. Je me suis mise à trembler, effondrée contre ma portière ; j'étais si effrayée que je pouvais à peine réfléchir.

Tu as peur ? s'est moquée une voix en moi. Tu es la princesse Woodbane de Belwicket. Tu pourrais écraser Cal avec le pouvoir que contient ton petit doigt. Tu possèdes la force des Riordan, l'histoire de Belwicket. À présent, sauve ta peau. Vas-y !

OK, je peux le faire, me suis-je dit. J'étais le canal d'un pouvoir pouvant botter plus d'un derrière. En fermant les yeux et en tentant d'ignorer le chaos qui se déchaînait autour de moi, j'ai laissé la musique venir à moi ; la musique intemporelle que la magye m'envoyait. *An di allaigh an di aigh,* ai-je songé en entendant la chanson monter en moi comme si j'étais portée par la brise au-delà de collines couvertes de trèfles.

An di allaigh an di ne ullah. Était-ce ma voix qui chantait et qui produisait un son glorieux et pur que j'étais la seule à entendre ? J'ai senti des fourmis dans mes doigts, comme si je m'éveillais. *An di ullah*

be nith rah. J'ai pris une inspiration profonde et frémissante, j'ai senti mes muscles
se contracter, mes orteils se plier. Je suis en
train de briser ce sortilège de ligotage, ai-je
pensé. Je le fracasse. Je le déchire comme
un mouchoir humide. *Cair di na ulla nith
rah, Cair feal ti theo nith rah, An di allaigh an di
aigh.*

J'étais redevenue moi-même. J'avais
réussi. Je suis restée exactement là où
j'étais, j'ai ouvert les yeux et j'ai jeté un
regard à la ronde. Avec une pointe d'alarme,
j'ai reconnu les hautes haies entourant la
propriété de Cal. Il a engagé Das Boot sur
une route secondaire en dérapant légèrement, et la voiture a commencé à écraser
du gravier gelé.

Bree, Sky, Hunter, Robbie, quiconque,
ai-je sondé en sentant mon pouvoir irradier. Alyce, David, n'importe quelle autre
sorcière, pouvez-vous m'entendre ?

La route secondaire menant à la cour
de la maison de Cal était longue et bordée
d'arbres hauts et surplombants. Il faisait un
noir de loup, à l'exception du reflet de la
lune sur la neige. L'horloge du tableau de

bord annonçait dix-huit heures trente. Ma famille était actuellement attablée. À cette pensée, j'ai ressenti une montée de colère si forte qu'il était difficile pour moi de la cacher. Je ne pouvais accepter la possibilité que je puisse ne jamais les revoir, maman, papa, Mary K., Dagda. J'allais m'évader. J'allais me sortir de ce pétrin. J'étais très puissante.

— Cal, tu as raison, ai-je dit en affaiblissant ma voix.

En réalité, je ne ressentais plus les effets du sortilège de ligotage, et une vague d'espoir avait submergé ma poitrine.

— Je suis désolée, lui ai-je dit. Je n'avais pas réalisé l'importance que tout ceci avait pour toi. Bien sûr que j'irai parler à ta mère.

Il a tourné le volant et s'est arrêté avant de lever la main gauche et de pointer devant lui. J'ai entendu le grondement métallique des barrières lourdes, le grincement des charnières, et les barrières se sont ouvertes avec fracas.

Ensuite, comme s'il m'avait finalement entendue, Cal m'a regardée.

— Quoi?

Il a appuyé sur l'accélérateur et nous avons passé la barrière. Devant moi se trouvait une ligne de toiture sombre, et j'ai réalisé que nous étions dans la cour arrière et que l'immeuble devant moi était le petit pavillon de la piscine. Là où se trouvait le *seòmar* de Cal.

— J'ai dit que j'étais désolée, ai-je répété. Tu as raison. Tu es mon *mùirn beatha dàn*, et je devrais te faire confiance. Je te fais confiance. C'est seulement que… j'étais incertaine. Tout le monde me donne des renseignements différents, et je suis confuse. Je suis désolée.

Das Boot a roulé lentement pour s'arrêter à trois mètres du pavillon. Il faisait sombre ; la seule lumière était le phare unique de la voiture qui brillait tristement contre le lierre brun qui recouvrait l'immeuble.

Cal a éteint le moteur et a laissé les clés dans le système d'allumage. Ses yeux sont demeurés fixés sur moi, là où je m'appuyais inconfortablement contre la portière. C'était vraiment difficile de ne pas agripper la poignée, de ne pas ouvrir la portière et de ne pas piquer une course pour partir loin de là. Quel sortilège pouvais-je jeter à Cal pour le ralentir? Je n'en connaissais aucun. Soudain, je me suis souvenue à quel point son pentacle avait brûlé contre ma gorge quand j'avais utilisé les outils de Maeve. Était-il ensorcelé? Avais-je porté une amulette ensorcelée pendant tout ce temps? Je n'en doutais plus à ce moment-là.

Avec une lenteur atroce, j'ai glissé la main droite dans ma poche pour en sortir le pentacle de Cal. Il n'avait pas encore remarqué que je ne le portais pas. Je l'ai laissé glisser de mes doigts et il est tombé sur le plancher de la voiture. Dès qu'il a quitté ma main, mes pensées ont paru plus claires, plus vives, et j'ai senti que j'avais plus d'énergie. Oh, Déesse, j'avais raison. Le pentacle avait été ensorcelé tout ce temps.

— Que dis-tu? a dit Cal.

J'ai cligné des yeux.

— Je suis désolée, ai-je répété en donnant plus de force à ma voix. Tout ça est nouveau pour moi. C'est déroutant.

Mais j'ai réfléchi à ce que tu as dit, et tu as raison. Je devrais te faire confiance.

Il a plissé les yeux avant de saisir ma main.

— Viens, a-t-il dit en ouvrant sa portière.

Son étau était écrasant, et j'ai écarté la possibilité de me libérer soudainement pour me mettre à courir. J'ai plutôt été tirée du côté du conducteur, et Cal m'a aidée à me tenir debout. J'ai prétendu être plus faible que je l'étais réellement et je me suis appuyée sur lui.

— Oh, Cal, ai-je soufflé. Comment avons-nous pu nous disputer ainsi ? Je ne veux pas me disputer avec toi.

J'ai adopté une voix douce et mielleuse, du genre de celle que Bree employait pour parler aux garçons, et je me suis appuyée contre la poitrine de Cal.

Voir le mélange d'espoir et de soupçons traverser son visage était pénible. Soudain, je me suis poussée avec force contre lui, concentrant chaque parcelle de ma force dans mes bras, et il a titubé vers l'arrière. J'ai levé ma main droite et lui ai lancé un éclair bleu craquant et crachotant de feu de sorcière, et cette fois, je n'ai pas retenu ma force. Il a frappé Cal au milieu de la poitrine, et il a hurlé avant de tomber à genoux. Je courais déjà, mes bottes martelant lourdement le sol en direction des barrières en métal qui se refermaient.

Avant que je sache ce qui se passait, mes genoux se sont affaissés, et je suis tombée au ralenti, face première, sur le gravier glacé. Mon souffle a quitté ma poitrine dans un râlement douloureux, et Cal se tenait au-dessus de moi, un bras posé contre sa poitrine, son visage transformé en un masque de rage.

J'ai tenté de me rouler rapidement pour lui lancer du feu de sorcière à nouveau — la seule arme défensive que je connais —, mais il a posé sa botte sur mes côtes et a appuyé pour me clouer au sol. Puis, il a agrippé un de mes bras, m'a remise sur pied et a serré ma nuque en murmurant un autre sortilège. J'ai hurlé :

— À l'aide ! À l'aide ! À l'aide, quelqu'un !

Mais bien sûr, personne n'est venu. Puis, je me suis effondrée — un poids inerte.

— *An di allaigh*, ai-je commencé d'une voix étouffée pendant que Cal me traînait vers le pavillon de la piscine.

Je savais où nous allions et je ne voulais absolument pas me rendre là.

— Boucle-la ! a lancé Cal en me secouant avant de pousser la porte du vestiaire.

Bizarrement, il a ajouté :

— Je sais que tu es bouleversée, mais tout ira bien. Tout ira mieux bientôt.

J'ai levé les bras pour attraper le cadre de la porte, mais mes doigts ramollis l'ont effleuré de façon inoffensive. J'ai tenté de traîner les pieds pour devenir un fardeau encombrant, mais Cal était à la fois furieux et effrayé, ce qui nourrissait sa force. À l'intérieur, nous avons traversé les toilettes en vacillant, et Cal m'a laissée tomber sur le sol pendant qu'il déverrouillait la porte du placard. J'ai essayé de ramper hors de là quand il a ouvert la porte menant à son *seòmar*. J'ai senti l'obscurité surgir de la pièce et avancer vers moi, comme une ombre impatiente de m'enlacer.

Déesse, ai-je songé avec désespoir. Déesse, viens m'aider.

Puis, Cal m'a tirée par les pieds vers sa pièce. Grâce à ma vision magyque, j'ai constaté que la pièce avait été vidée de tout ce qui aurait pu m'aider à me défendre ou à faire de la magye. Elle était vide ; aucun meuble, aucune bougie, seulement des milliers de sortilèges obscurs inscrits sur ses murs, son plafond et son plancher. Il avait préparé ma prison. Il avait su que tout ceci allait arriver. J'aurais voulu vomir.

Cal, haletant, a laissé tomber mes pieds. Il s'est penché au-dessus de moi avant de plisser les yeux et d'attraper le collet de mon chemisier. J'ai tenté de m'échapper, mais il était trop tard.

— Tu as retiré mon amulette, a-t-il dit d'une voix étonnée. Tu ne m'aimes pas du tout.

— Tu ne sais pas ce que c'est, l'amour, ai-je répondu d'une voix enrouée.

Je me sentais malade. J'ai levé les mains vers mes yeux pour repousser maladroitement mes cheveux.

Pendant un instant, j'ai cru qu'il allait me donner un coup de pied, mais il n'en fit rien ; il s'est contenté de me regarder, le visage défait — le visage que j'avais adoré.

— Tu aurais dû me faire confiance, a-t-il dit.

De la sueur coulait sur son visage, et sa respiration était rauque.

— Tu n'aurais pas dû me mentir, ai-je rétorqué avec colère en tentant de m'asseoir.

— Dis-moi où sont les outils, a-t-il exigé. Les outils de Belwicket.

— Va te faire voir !

— Dis-le-moi ! Tu n'aurais jamais dû les lier à toi ! Quelle arrogance ! Maintenant, il faudra te les arracher, et ce sera douloureux. Mais d'abord, tu vas me dire où ils sont… Je n'ai pas senti leur présence dans la voiture.

Je lui ai jeté un regard froid en tentant de me lever.

— Dis-le-moi! a-t-il crié en me toisant d'un air menaçant.

— Va te faire foutre, ai-je proposé.

La douleur et la fureur brillaient dans ses yeux dorés, et il a levé la main sur moi. Une boule nébuleuse de ténèbres a filé vers moi et m'a frappé la tête. Je me suis écrasée tête première sur le sol, plongeant dans une inconscience cauchemardesque, me rappelant uniquement ses yeux.

18

Prise au piège

Juin 2001

Litha, encore une fois. Dix ans ont passé depuis la disparition de mes parents. Quand ils sont partis, je n'étais qu'un petit garçon, affairé uniquement à construire une catapulte fonctionnelle et à jouer à Derrière les lignes ennemies avec Linden et mes amis.

À cette époque, nous habitions à Lake District, de l'autre côté du golfe de Solway, devant l'île de Man. Durant les semaines qui ont précédé leur disparation, ils étaient de mauvaise humeur, jappant des ordres à nous, les enfants, avant de présenter leurs excuses et ne disposant pas d'assez de temps pour nous aider avec nos devoirs. Même Alwyn a commencé à s'adresser à Linden ou à moi pour qu'on l'aide à s'habiller ou à se coiffer. Je me souviens que maman se plaignait qu'elle se sentait fatiguée et malade à la fois, et aucune de ses

potions habituelles ne semblait la soulager. Et
papa avait affirmé que ses pierres de présages ne
fonctionnaient plus.

   Oui, une force les opprimait. Mais je suis per-
suadé qu'ils ignoraient de quoi il retournait. S'ils
avaient su ce qui s'en venait, je pense que les choses
se seraient déroulées autrement.

   Ou peut-être pas. Peut-être n'existe-t-il aucun
moyen de combattre une telle force maléfique.

                                    — Giomanach

Lorsque je me suis réveillée, je n'avais
aucune idée du temps écoulé. J'avais mal à
la tête, mon visage était brûlant à cause du
gravier ayant égratigné ma peau, et mes
genoux élançaient à la suite de ma chute.
Mais du moins, je pouvais remuer mes
membres. Peu importe le sort lancé par
Cal, il ne s'agissait pas d'un sort de
ligotage.

Prudemment et silencieusement, je me
suis retournée pour explorer le *seòmar* des
yeux. J'étais seule. J'ai projeté mes sens et
j'ai senti que personne n'était à proximité.
Quelle heure était-il ? La minuscule fenêtre
fixée très haut sur un mur ne dévoilait

aucune étoile et aucune lune. J'ai rampé à quatre pattes avant de me déplier et de me lever lentement tout en ressentant une vague de nausée et de douleur déferler en moi.

Merde. Dès que j'ai été debout, j'ai ressenti le poids des murs et du plafond ensorcelés. Chaque centimètre carré de cette pièce minuscule était couvert de runes et de symboles anciens, et sans même les comprendre, je savais que Cal avait fait de la magye noire dans cette pièce; il avait sommé des pouvoirs obscurs et m'avait menti depuis le jour où nous nous étions rencontrés. Je me sentais incroyablement naïve.

Je devais sortir de là. Et si Cal avait quitté la pièce seulement une minute plus tôt? Et si, en ce moment même, il menait Selene et les autres à moi? Déesse. Cette pièce débordait d'énergie négative, d'émotions négatives, de magye noire. J'ai remarqué des taches sur le sol qui avaient été dissimulées sous un futon à ma première visite. Je me suis m'agenouillée pour les toucher en me demandant s'il s'agissait

de sang. Qu'avait fait Cal dans cette pièce ?
Je me sentais malade.

Cal était parti chercher Selene, et ils
allaient me jeter des sorts ou me blesser ou
même me tuer afin que je leur dévoile où se
trouvaient les outils de Maeve. Pour me
convaincre de me joindre à eux, à leur clan
exclusivement composé de Woodbane.

Personne ne savait où j'étais. J'avais dit
à maman que j'allais faire une promenade
en voiture plus de six heures auparavant.
Personne ne m'avait vue rencontrer Cal au
cimetière. Je pourrais mourir ici.

Cette pensée m'a stimulée à agir. Je me
suis remise debout et j'ai levé les yeux vers
la fenêtre pour évaluer sa taille. Mon
meilleur saut m'amènerait tout de même
soixante centimètres en dessous du rebord
de la fenêtre. J'ai retiré mon blouson, l'ai
roulé en boule et l'ai jeté avec force vers la
fenêtre. Il a rebondi avant de tomber lourdement sur le sol.

— Déesse, Déesse, ai-je marmonné en
me déplaçant vers la porte.

Son bord était quasi invisible ; une fissure trop mince pour y glisser mes ongles.

Dans la voiture, j'avais mon canif Swiss Army, mais il m'a suffi de tapoter mes poches pour réaliser qu'elles étaient vides. J'ai pourtant essayé d'enfoncer mes ongles courts dans la fente et j'ai tiré jusqu'à ce que mes ongles cassent et que mes doigts saignent.

Où était Cal ? Pourquoi prenait-il autant de temps ? Combien de temps s'était écoulé ?

Haletante, j'ai reculé dans la pièce avant de me lancer à l'assaut de la petite porte, épaule devant. J'ai crié sous la force de l'impact avant de tomber sur le sol en serrant mon épaule. Le coup n'avait même pas remué la porte.

Je me suis rappelé à quel point mes parents avaient été dévastés quand j'avais commencé à pratiquer la Wicca, à quel point ils craignaient pour ma sécurité après ce qui était arrivé à ma mère biologique. Je voyais maintenant qu'ils avaient une bonne raison de s'inquiéter.

Un sanglot indésirable s'est étouffé dans ma gorge, et je me suis affaissée, à genoux sur le plancher de bois. Une douleur intense s'est mise à irradier à l'arrière de mon crâne. Comment avais-je pu être aussi stupide, aussi aveugle ? Des larmes ont débordé de mes yeux et ont roulé sur mes joues meurtries et sales. Des sanglots luttaient pour s'échapper de ma poitrine.

Je me suis assise en tailleur sur le sol. Lentement, en sachant que c'était inutile, j'ai dessiné un petit cercle autour de moi à l'aide de mon index, mouillant le sol de mes larmes et de mon sang. En tremblant, j'ai tracé des symboles de protection autour moi : des pentacles, les cercles entrecroisés de protection, des carrés dans des carrés pour représenter l'ordre, la rune angulaire *p* pour le réconfort. J'ai dessiné le symbole circulaire aux deux cornes qui représentait la Déesse ainsi que le cercle et le demi-cercle qui représentait Dieu. J'ai fait tout ceci en y réfléchissant à peine, j'ai tracé les symboles machinalement, encore et encore, sur le sol et dans les airs autour de moi.

En quelques instants, ma respiration s'est calmée, mes larmes ont cessé de couler, ma souffrance s'est apaisée. Je pouvais voir et réfléchir plus clairement, j'étais plus en contrôle.

Le mal exerçait une pression sur moi. Mais je n'étais pas maléfique. Je devais sauver ma peau.

J'étais la princesse Woodbane de Belwicket. Je possédais un pouvoir dépassant l'imagination.

J'ai fermé les yeux et j'ai forcé ma respiration à se calmer davantage, mon battement de cœur à ralentir. Des mots ont franchi mes lèvres.

« Magye, je suis ta fille,
Je suis ta voie vers la vérité et la vertu.
Protège-moi du mal. Aide-moi à être forte.
Maeve, ma mère, qui est venue avant moi,
*   aide-moi à être forte.*
Mackenna, ma grand-mère, aide-moi à être
*   forte.*
Morwen, qui est venue avant elle, aide-moi
*   à être forte.*
Laissez-moi ouvrir la porte. Ouvrir la porte.
*   Ouvrir la porte. »*

J'ai ouvert les yeux et j'ai regardé devant moi, vers la porte ensorcelée et verrouillée. Je l'ai regardée calmement en l'imaginant s'ouvrir devant moi, en me voyant passer par celle-ci pour sortir, en me voyant en sécurité et loin de cette pièce.

Crac. J'ai battu des paupières sans briser ma concentration. Je n'étais pas certaine si je l'avais imaginé, mais j'ai continué de penser : «Ouvre, ouvre, ouvre», et dans l'obscurité, j'ai aperçu la fente minuscule s'élargir légèrement.

Une exultation, aussi grande que le désespoir qui l'avait précédée, a gagné mon cœur. Cela fonctionnait! Je pouvais faire ceci! Je pouvais ouvrir la porte!

Ouvre, ouvre, ouvre, ai-je pensé sans interruption, ma concentration pure et mon intention solide.

J'ai senti l'odeur de la fumée. Ce fait s'est enregistré superficiellement dans mon cerveau pendant que je continuais à me concentrer à ouvrir la porte. Mais j'ai réalisé que mon nez s'irritait et que je n'arrêtais pas de battre des paupières. Je suis sortie de ma transe pour réaliser que le *seòmar* devenait brumeux et que l'odeur du feu était forte.

Je me suis levée dans mon cercle, mon cœur battant plus fort. À présent, je pouvais entendre le crépitement joyeux des flammes à l'extérieur, sentir l'odeur âcre du lierre brûlant et voir la faible lueur ambre du feu se refléter dans la fenêtre élevée.

Ils me brûlaient vive. Comme ma mère.

Alors que ma concentration se brisait, la porte s'est refermée.

La panique a menacé de me submerger.

— À l'aide ! ai-je hurlé aussi fort que je pouvais en dirigeant ma voix vers la fenêtre. À l'aide ! À l'aide ! À l'aide, quelqu'un !

À l'extérieur, j'ai entendu la voix de Selene.

— Cal ! Que fais-tu ?

— Je règle le problème, a été sa réponse sinistre.

— Ne sois pas stupide, lui a dit Selene d'une voix brusque. Ôte-toi de là. Où sont les outils ?

J'ai réfléchi à toute vitesse.

— Laissez-moi sortir et je vous le dirai, je le promets! ai-je crié.

— Elle ment, a poussé une autre voix. Nous n'avons pas besoin d'elle de toute façon. Ce n'est pas sécuritaire… Nous devons sortir d'ici.

— Cal! ai-je hurlé. Cal! Aide-moi!

Je n'ai reçu aucune réponse, mais j'ai entendu des voix étouffées se disputer à l'extérieur. Je peinais à les entendre.

— Tu as promis qu'elle se joindrait à nous, a dit une voix.

— Elle n'est qu'une fille non initiée. Ce sont les outils dont nous avons besoin, a dit quelqu'un d'autre.

— Je vais vous le dire! ai-je crié. Ils sont dans les bois! Laissez-moi sortir et je vous y mènerai.

— Écoutez-moi : nous devons partir, a dit quelqu'un d'une voix urgente.

— Cal, arrête! a dit Selene.

Soudain, le bruit des flammes était plus fort et plus proche.

— Laissez-moi sortir! ai-je hurlé.

— Déesse, que fait-il ? Selene !

— Reculez ou je mettrai le feu à toute la demeure et à nous en même temps, a dit Cal d'une voix d'acier. Je ne vous laisserai pas l'avoir.

— L'investigateur sera ici d'une minute à l'autre, a dit un homme. Impossible qu'il ne vienne pas voir cela. Selene, ton fils…

J'ai entendu d'autres disputes, mais j'étouffais à présent, la fumée brûlant mes yeux, puis j'ai entendu les chevrons en bois éclater au-dessus de moi. J'ai appuyé mon oreille contre le mur pour écouter, mais il n'y avait plus de voix. Si je mourais dans le feu, ils ne trouveraient jamais les outils de Maeve. Ce n'était pas vrai, ai-je réalisé. Ils pourraient effectuer des présages ou jeter des sorts pour les trouver. Les simples runes de dissimulation que j'avais tracées autour de la boîte ne duperaient aucun d'entre eux. Ils voulaient que je le leur dise uniquement pour gagner du temps. Ils n'avaient pas réellement besoin de moi.

J'ai à nouveau tenté d'ouvrir la porte avec mon esprit, mais je n'arrivais pas à me concentrer. Je toussais continuellement, et mon esprit s'embrumait. Je me suis effondrée contre le mur, désespérée.

Tout ça avait été *vain* : Maeve, qui avait caché ses outils pour les tenir en sécurité, qui était apparue devant moi dans une vision pour me dire où ils étaient ; moi, qui les avait trouvés en compagnie de Robbie, qui avait appris à les utiliser. Pour rien. À présent, ils se trouveraient dans les mains de Selene, sous son contrôle. Et peut-être que les outils étaient si anciens qu'ils avaient été utilisés par les membres originaux de Belwicket — avant que le clan n'ait juré de renoncer au mal pour toujours.

Peut-être tout ça était-il de ma faute. Voilà en quoi consistait la vision d'ensemble dont tout le monde me parlait. Il s'agissait du danger vers lequel j'avançais. Voilà pourquoi j'avais besoin de conseils, d'un maître.

— Déesse, pardonne-moi, ai-je murmuré, à plat ventre sur le sol en bois lisse.

J'ai tiré mon blouson sur ma tête. J'allais mourir.

Je me sentais très fatiguée. Respirer était difficile. Je ne paniquais plus, je n'étais plus emplie de peur et d'hystérie. Je me demandais comment Maeve avait fait face à sa mort par le feu, seize ans plus tôt. Avec chaque instant qui passait, nous avions de plus en plus de choses en commun.

19

Brûlée

Juin 2001

Fait intéressant : aujourd'hui je suis allé à Much Bencham, le petit village irlandais près de l'endroit où se situait Ballynigel. Personne là-bas n'a voulu me parler, et j'ai eu l'impression que tout le village avait une dent contre les sorcières. Après avoir vu leurs voisins les plus proches se transformer en poussière il y avait des années de cela, je n'étais pas surpris. Mais alors que je quittais la place du village, une vieille dame a attiré mon attention. Elle était probablement au chômage et joignait les deux bouts en vendant des pâtisseries maison. J'en ai acheté une, et alors que je mordais dedans, elle m'a dit, très doucement :

— Tu es le garçon qui pose des questions au sujet du village voisin.

Elle n'a pas nommé Ballynigel, mais bien entendu, c'est de lui qu'elle parlait.

— Oui, ai-je dit en prenant une autre bouchée et en attendant.

— Des choses étranges, a-t-elle murmuré. Des choses étranges se produisaient dans ce village parfois. Tout le village a disparu de la surface de la Terre. Ce n'est pas normal.

— Non, ai-je acquiescé. Ce n'est pas normal du tout. Personne n'a survécu, alors ?

Elle a secoué la tête avant de froncer les sourcils, comme si elle se souvenait de quelque chose.

— Bien qu'une femme a dit l'an dernier que certains ont survécu. Certains se sont évadés qu'elle a dit.

— Oh ? ai-je dit alors qu'en moi, mon cœur battait la chamade. De quelle femme s'agit-il ?

— Elle était très belle, a dit la vieille dame en y réfléchissant. Sombre et exotique. Elle avait des yeux dorés, comme une tigresse. Elle est venue ici pour poser des questions sur le village voisin et quelqu'un — je crois que c'était le vieux Collins, au pub — lui a dit qu'ils étaient morts, tout le groupe, et elle a dit non. Elle a dit que deux d'entre eux s'étaient enfuis en Amérique.

— Deux personnes de Ballynigel se sont rendues en Amérique ? ai-je demandé pour en avoir la certitude. Après ou avant le désastre ?

— Je ne sais pas, n'est-ce pas ? a dit la dame, dont l'intérêt se dissipait. Elle a seulement dit que deux d'entre eux avaient gagné New York il y a des années, et c'est en Amérique, non ?

Je l'ai remerciée et je me suis éloigné en songeant : « Que le diable m'emporte si la tigresse ne me rappelle pas la première femme de papa, Selene. »

Alors, à présent, je suis en route pour New York. Est-il vraiment possible que deux sorcières de Belwicket aient échappé au désastre ? Est-il possible qu'elles soient à New York ? Je ne serai pas tranquille tant que je ne le saurai pas.

— Giomanach

Mourir asphyxiée n'est pas la pire des morts, ai-je songé, endormie. C'est inconfortable et ça vous donne l'impression de vous noyer, mais c'est probablement mieux que de prendre une balle ou d'être brûlée vive ou de tomber d'une falaise.

Il ne restait que peu de temps. J'avais mal à la tête, la fumée emplissait mes poumons et me faisait tousser. Même en étant couchée sur le sol, la tête couverte par mon blouson, je ne survivrais plus longtemps.

Était-ce ainsi que Maeve et Angus avaient vécu ce moment?

Lorsque j'ai entendu des voix à l'extérieur appeler mon nom, j'en suis venue à la conclusion que j'hallucinais. Mais les voix sont revenues, plus fortes, et je les ai reconnues.

— Morgan! Morgan! Tu es là? Morgan!

Oh mon Dieu, c'était Bree! Bree et Robbie!

M'asseoir n'était pas une bonne idée, car à trente centimètres au-dessus de moi, l'air était plus lourd. Je me suis étouffée et j'ai toussé avant d'aspirer de l'air. Puis, j'ai hurlé:

— Je suis ici! Dans le pavillon! À l'aide!

Une quinte de toux a écrasé ma poitrine, et je suis tombée sur le sol, suffocant.

— Recule! a crié Bree de l'extérieur. Éloigne-toi du mur!

Rapidement, j'ai roulé vers le mur le plus éloigné de sa voix et je suis restée couchée là, recroquevillée et secouée par la toux. Mon esprit a enregistré le rugissement puissant et familier du moteur de

Das Boot, et avant que je puisse me rendre
compte de quoi que ce soit, le mur devant
moi a été percuté dans un fracas énorme, à
faire trembler la terre, qui a fissuré le plâtre
et fracassé la fenêtre. De la vitre a plu sur
moi, et le mur s'est enflé vers l'intérieur. J'ai
jeté un coup d'œil de sous mon manteau et
j'ai aperçu une fissure de laquelle la fumée
s'élevait pour se déverser dans le ciel, heureuse d'être libérée. J'ai entendu le rugissement du moteur, le crissement des pneus,
et l'immeuble complet a tremblé quand ma
voiture a foncé violemment contre le mur
encore une fois. Cette fois, la pierre et le
plâtre se sont brisés, des montants ont
craqué, et le nez bosselé et couvert de cen-
dres de ma voiture a percé le mur, qui s'est
ouvert comme la mâchoire d'un grand
requin blanc.

La portière du côté conducteur s'est
ouverte, et Bree a avancé péniblement sur
les débris en toussant, et j'ai tendu les bras
vers elle. Elle les a saisis pour me tirer par-
dessus les décombres. Robbie était là, à l'extérieur, nous attendant, et quand mes
genoux ont flanché, il a couru vers moi

pour m'attraper. Je me suis pliée vers l'avant, toussant et vomissant, pendant que Bree et Robbie me tenaient.

Puis, nous avons entendu le son de sirènes qui s'approchaient, et quelques minutes plus tard, trois camions d'incendie sont apparus, Sky et Hunter sont arrivés, et la pelouse magnifiquement entretenue de Cal était ruinée.

Et j'étais vivante.

De la même série

Livre 1

Livre 2

Livre 3

www.ada-inc.com
info@ada-inc.com